Gulliver Taschenbuch 765

Harry Mazer wurde in New York geboren. Nach seiner Ausbildung als Lehrer wurde er Schriftsteller. Zusammen mit seiner Frau, Norma Fox Mazer, die ebenfalls Autorin ist, lebt er in Jamesville bei Syracuse im Staat New York.

Harry Mazer

Vermißt: Lisas Mutter

Roman

Aus dem Amerikanischen von Angelika Eisold-Viebig

BELTZ & Gelberg

Dieses Buch ist auf Papier aus
chlorfrei hergestelltem Zellstoff gedruckt.

Gulliver Taschenbuch 765
1997 Beltz Verlag, Weinheim und Basel
Programm Beltz & Gelberg, Weinheim
Lizenzausgabe

Die Originalausgabe erschien erstmals u.d.T.
Someone's mother is missing bei Delacorte Press, New York
Reihenlayout von Wolfgang Rudelius
Gesamtherstellung Druckhaus Beltz, 69494 Hemsbach
Printed in Germany
ISBN 3 407 78765 0
1 2 3 4 5   01 00 99 98 97

1

SAM

„Sieh dir bloß mal deinen Kopf an", sagte Sams Mutter. „So kann ich dich nicht mitnehmen!"
„Es ist schließlich mein Kopf", erwiderte er.
„Aber ich muß ihn mir ansehen." Seine Mutter hatte sich bereits für die Beerdigung umgezogen. Sie trug ein blaues Kleid, das vorne mit Pailletten bestickt war. „Sind das die besten Schuhe, die du hast? Sie sehen aus, als ob du sie gerade aus einem Loch ausgegraben hättest."
Seine Turnschuhe? Sein Vater trug auch Turnschuhe. Und eine Krawatte. An seinem Vater sah sie aus wie ein Strick. Weshalb mußten sie überhaupt so ein Theater machen? Dabei hatte sich seine Mutter ständig über Onkel Jim und Tante Nancy beschwert, immer wieder hatte sie sich darüber beklagt, daß sich ihre Schwester zu ihrem Nachteil verändert hätte, seit sie reich war.
„Warum gehen wir denn überhaupt hin?" fragte Sam. „Ihr könnt sie doch sowieso nicht leiden."
„Wie kommst du denn auf die Idee?" Er war genauso groß wie seine Mutter, aber wenn sie wütend war, schien sie ihn zu überragen. „Wenn jemand aus der Familie stirbt, ist es egal, was man von ihm gedacht hat. Man geht einfach zur Beerdigung. Es ist schließlich dein Onkel, hast du denn gar kein Gefühl?"
Sam wußte nicht, was er fühlte. Es war seine erste Beerdigung.
„Wird der Sarg offen oder verschlossen sein, Mama?"
„Was glaubst du denn, daß sie ihn dort wie eine Fleischplatte ausstellen?"
Sams kleiner Bruder Adam sollte mit einem Babysitter zu

Hause bleiben. Er war noch zu klein, um bei einer Beerdigung dabei zu sein. Also war es eine Ehre, mitgehen zu dürfen. Aber wie das mit einer Ehre oft so ist, war sie auch eine Last. Würde er still dort sitzen und traurig aussehen müssen? Was Sam am meisten Sorgen machte, war die Leiche selbst. Mußte er sie ansehen? Womöglich seinem toten Onkel gar einen Kuß geben? Er hatte sowieso schon von Onkel Jim geträumt, wie er in der Badewanne schwamm, die Augen und der Mund standen offen, und er sah Sam irgendwie komisch an.

Sein Onkel war bei einem Flugzeugunfall ums Leben gekommen. Es war sein eigenes Flugzeug gewesen. Er hatte auch ein Boot, die Nancy II, nach Sams Tante benannt. Einmal hatte Onkel Jim Sam und seinen Vater auf dem Boot mit hinausgenommen. Und einmal hätte Sam im Flugzeug seines Onkels mitfliegen können. Aber seine Mutter hatte nein gesagt. Einfach nur nein! Es kam überhaupt nicht in Frage. Da half kein Bitten und Betteln. Keine Diskussion. Ja, sie arbeitete als Angestellte einer Fluggesellschaft beim Bodenpersonal und war auch schon öfter geflogen. „Aber mit großen Maschinen“, betonte sie. „Das sind große, sichere Maschinen. Keine Spielzeugmaschinen. Seine Freunde kann dein Onkel ja ruhig auf solche Ausflüge mitnehmen.“

Was vielleicht sogar vorausschauend gewesen war.

Als das Unglück geschah, flog sein Onkel gerade mit ein paar Freunden zum Fischen nach Kanada. Die Freunde waren alle Zahnärzte. Es war eine Verbindung von Geschäftsreise mit Urlaub. Onkel Jim wollte die Zahnärzte für eine Investition in eines seiner geplanten Einkaufszentren gewinnen.

Das Flugzeug war im Nebel verunglückt. Sein Onkel hatte auf dem Wasser notlanden wollen und sich verschätzt. Augenzeugen berichteten, daß das Flugzeug die umliegenden Baumspitzen abrasiert hätte wie mit einem Messer. Die Rettungsmannschaft barg die Leichen im Umkreis von über einer Meile.

 Sam und sein Vater schnitten die Zeitungsartikel aus. „Das ist

mein Schwager“, erzählte Sams Vater und zeigte seinen Bekannten die Ausschnitte.
Auf der Fahrt zum Friedhof beschwerte sich Sams Mutter darüber, daß sie mit dem Kleinlaster fuhren. „Es werden lauter schwarze Limousinen vorfahren, und dann deine rote Kiste mitten drin“, sagte sie zu seinem Vater. Sie sprach niemals davon, daß dieses Auto ihnen beiden gehörte. Es war das Vehikel seines Vaters. Sein Vater wiederum nannte den kleinen zweitürigen Wagen, den sie fuhr, eine Seifenkiste und Schlimmeres. Er weigerte sich, überhaupt einzusteigen.
„Was meint ihr denn, wieviele Leute da sein werden?“ fragte Sam.
„Mindestens zweihundert“, antwortete sein Vater.
„Wie kommst du denn auf diese Zahl?“ fragte seine Mutter.
„Denk doch mal nach. All die Leute, mit denen er Geschäfte gemacht hat, Bauunternehmer, Architekten, Rechtsanwälte, Wirtschaftsprüfer, Investoren. Die halten sich doch gegenseitig die Stange.“
„Was nur beweist, daß wer Geld hat auch Freunde hat“, meinte seine Mutter.
„Weshalb sprechen denn alle immer nur vom Geld?“ fragte Sam.
„Was kümmert es dich denn, worüber wir reden?“ gab seine Mutter zurück. „Wenn du erstmal selbst Geld verdienst, kannst du mitreden. Und schließ das Fenster. Tu nicht so, als ob wir hier auf einer Fahrt ins Grüne wären.“
„Heh, was hab ich denn gesagt? Ich sitze nur hier. Was ist denn mit euch los?“ Er rückte so weit weg von seiner Mutter, wie er konnte. Aber da sie zu dritt auf der Sitzbank saßen, und keiner von ihnen besonders dünn war, gab es keinen Platz, wo er hinrutschen konnte, wenn er nicht aus dem Auto fallen wollte. Das zog er allerdings in Erwägung. Er ließ seine Hand auf dem Türgriff. Wenn sich die Tür versehentlich öffnete, würde er hinausfallen und wahrscheinlich tot sein. Selbst dann würde sie bestimmt noch mit ihm schimpfen.

„Tut mir leid, Mama", würde er dann sagen. „Tut mir leid, daß ich tot bin. Es war ein Unfall."
Und ihre Antwort wäre: „Daß mir das aber nicht noch einmal passiert!"
„Jim war schon in Ordnung", fuhr Sams Vater fort. „Ich mochte ihn."
„Er war ein Angeber", sagte seine Mutter. „Er redete nur von sich. Hat er dich jemals etwas Persönliches gefragt, ich meine über dich, Steve?"
„Was sollte ich ihm denn schon erzählen? Daß ich letzte Woche ein ganzes Haus verputzt habe?"
Sein Vater legte seine große, fleischige Hand auf das Knie seiner Frau. Irgendwie entmutigte es Sam, die Hand seines Vaters mit seiner eigenen zu vergleichen.
„Jim hatte viel Wichtigeres im Kopf", sagte sein Vater. „Diese Geschäfte, die er machte – da ging es um viel Geld, das setzte ihn ziemlich unter Druck. So ist das mit Geld. Geld setzt dich unter Druck. Wenn du viel Geld verdienen willst, mußt du auch die ganze Zeit an Geld denken. Jim hat vielleicht sogar gerade über ein Geschäft nachgedacht, als er verunglückte."
Seine Mutter stieß Sam mit dem Ellbogen an. „Hast du das gehört, du Schlauberger?"
Er hatte schon verstanden. Sie mußte nicht ihren spitzen Ellbogen in seine Seite rammen. „Wie reich kann man sein, wenn man tot ist?" fragte er.
„Oh, das ist gut. Hast du das gehört, Steve?" Seine Mutter tätschelte ihm die Hand. „Das ist gut, Sam, sehr gut. Geld ist nicht so wichtig! Was ist wichtig?"
„Das Leben ist wichtig", antwortete Sam.
„Du mußt das Leben zu schätzen wissen. Sehr gut. Bleib stehen und sieh dir die Blätter an und die Schönheit der Natur." Sie zwickte Sam in die Wange. „Komm schon, Süßer. Schenk mir ein Lächeln."
 Sam strahlte sie auf Kommando an. „Zufrieden, Renee?"

„Genau das, was ich brauche."
„Wenn ich morgen ins Gras beißen würde", sagte sein Vater und dachte immer noch über die Beerdigung nach, „wer glaubt ihr, würde kommen? Auf jeden Fall Mark und Brian..." Sein Vater zählte an den Fingern ab. „Vielleicht Joe D. von der Arbeit."
„Heh, Papa, hör auf damit", bat Sam. „Das macht mich ganz krank."
„Ich schätze so um die zwanzig Leute, vielleicht auch fünfundzwanzig", fuhr sein Vater fort. „Glaubst du, daß deine Eltern kommen würden, Renee?"
„Steve, du bist verrückt", sagte seine Mutter. „Natürlich würden sie kommen. Sie mögen dich."
„Lieber wäre ich ihnen, wenn ich einen Collegeabschluß hätte."
„Das gilt für mich genauso", meinte seine Mutter.
„Dafür geben sie auch mir die Schuld."
„Besser dir als mir. Du weißt, wie meine Eltern sind. Ihre Töchter können einfach nichts falsch machen. Ihre Töchter sind die klügsten und die besten."
„Das Haar deiner Schwester ist weiß geworden seit dem Unfall", sagte sein Vater.
„Es war schon immer weiß. Das fing an, da war sie gerade sechzehn."
„Jetzt ist es jedenfalls schneeweiß", stellte sein Vater fest. „Wenn man ihr Haar sieht, denkt man, sie sei alt, und dann sieht man erst ihr Gesicht. Sie könnte viel jünger aussehen, wenn sie nicht dieses weiße Haar hätte."
„Was soll sie denn machen?"
„Sie könnte es färben."
„Jetzt? Mit all dem, was sie um die Ohren hat? Soll sie vielleicht auch noch in einen Schönheitssalon gehen?"
„Du würdest es tun."
„Wann hast du mich jemals in einem Schönheitssalon gesehen? Dafür gebe ich kein Geld aus."

„Vielleicht wartest du darauf, daß ich bald unter der Erde liege, und du mein ganzes Geld ausgeben kannst."
Seine Mutter lachte selten. „Ich habe keine Zeit zum Lachen", sagte sie immer. Aber als sein Vater das sagte, da lachte sie.

In der Friedhofshalle standen die Leute herum, unterhielten sich und warteten darauf, daß die Zeremonie begann. Es war wie das Warten auf den Beginn eines Spieles. Niemand kümmerte sich besonders um Onkel Jim. Der geschlossene Sarg stand allein an einem Ende des Raumes, etwas erhöht auf einem Podest. Es war ein langer, glänzender Sarg mit Messinggriffen und um ihn herum Unmengen von Blumen. Sam musterte ihn aus der Ferne. Die Hitze, der enge, überfüllte Raum und der Geruch der Blumen brachten Sam ins Schwitzen, und es juckte ihn überall.
Ein großer Junge, der irgendwie militärisch aussah, stand neben ihm. Er hatte einen so kurzen Bürstenschnitt, daß er fast glatzköpfig aussah, trug einen Anzug, der einem Tarnanzug ähnelte, und schwarze Stiefel. Er war ein Neffe von Onkel Jim aus Atlanta. Der Grund, weshalb der Sarg geschlossen sei, erzählte er Sam, war, daß der Leichenbestatter Onkel Jim nicht wieder zusammensetzen konnte.
„Wenn diese Damen hier zu sehen bekämen, was in dem Sarg liegt, würden sie reihenweise in Ohnmacht fallen." Onkel Jims Neffe sprach nur aus den Mundwinkeln, was Sam beeindruckte. Er sah aber trotzdem nicht alt genug aus, um in der Armee zu sein. Vielleicht war er in der High School.
Onkel Jims Neffe klopfte an den Sarg. „Heh, Kumpel. Heh, Jim! Pat Auringer ist hier. Du nimmst es doch nicht zu schwer, alter Junge, oder? Mach dir nichts draus."
Seine Großmutter faßte Sams Hand und zog ihn zur Seite. „Hast du schon mit Tante Nancy gesprochen?" flüsterte sie ihm ins Ohr. Ihr Atem war heiß und roch nach Kaffee und

Lippenstift. „Sam, mein Liebling, geh und sag etwas zu ihr. Es verletzt sie bestimmt, wenn du nicht mit ihr redest."

Seine Tante stand dort mit seinen Cousinen. Sie war ganz in Schwarz: Kleider, Schuhe, selbst der Schleier. Sie sah darunter hervor wie durch ein Fenster. Er konnte ihr Gesicht erkennen, sie sah aus, als ob sie immer noch darauf wartete, daß Onkel Jim nach Hause käme. Was sollte Sam nur zu ihr sagen? Das letzte Mal, als er sie gesehen hatte, war sein Onkel noch am Leben gewesen, und Sam hatte sich angeregt mit Tante Nancy unterhalten. Sie hatten über die Entstehung des Universums und des Lebens diskutiert.

Er hatte ihr von seinen drei verschiedenen Theorien über die Entstehung des Universums erzählt. Eine davon war, daß es einfach angefangen hatte zu existieren, wie wenn man einen Lichtschalter anknipst. Zuerst existierte gar nichts, und im nächsten Moment war das Universum entstanden. Tante Nancy hatte gesagt, sie könnte das nicht glauben. Sie glaubte, daß es nie eine Zeit gegeben hatte, in der es nichts gab. „Nichts ist etwas, was in unseren Köpfen entstanden ist. So etwas gibt es gar nicht. Im Universum ist alles sinnvoll miteinander verbunden."

Es war eine gute Unterhaltung gewesen. Oft wußte er nicht, was er mit Erwachsenen reden sollte. Aber sich mit Tante Nancy zu unterhalten war leicht gewesen.

Er ging hinüber zu seiner Tante. Das Gesicht seiner Cousine Robyn war im Arm ihrer Mutter verborgen, aber seine Cousine Lisa stand gerade und aufrecht da. Sie sah sehr hübsch aus. Er überlegte, was er zu ihr sagen könnte, aber er konnte ihr nicht einmal in die Augen sehen. Sie war eines dieser eingebildeten hübschen Mädchen, mit denen er nie reden konnte.

Seine Tante zog ihn in die Arme. Sie war weich, und er roch ihr Kleid und ihr Parfüm. Onkel Jim ist tot, sagte sich Sam. Er liegt dort in dem Sarg in ein paar Hundert Einzelstücken. Und Sam erinnerte sich an Zeiten, in denen er darauf gewartet hatte, daß sein Vater oder seine Mutter nach Hause kamen, und da kamen ihm die Tränen. Seine Tante hielt ihn fest. Er war froh, daß niemand sein Gesicht sehen konnte. Er wollte nicht weinen. Er wollte nicht so ein Baby sein. Und er wollte schon gar nicht, daß seine Cousine Lisa daneben stand und sah, wie weichlich er war.

2

LISA

Lisa ging hinein, um ihrer Mutter einen Gutenachtkuß zu geben und fand sie am Schreibtisch ihres Vaters sitzend. Briefe und Papiere lagen verstreut vor ihr. Der Bildschirm des Computers war an, und ihre Mutter hatte die Computerbrille auf, die Lisas Vater gehört hatte. Lisa hatte noch nie vorher ihre Mutter Dinge ihres Vaters berühren sehen.

In diesen Tagen war ihre Mutter ständig am Telefon, um mit den Wirtschaftsprüfern, Buchhaltern und Anwälten zu sprechen. Aus dem, was Lisa mithörte, schloß sie, daß es um Geld ging. Geld, das sie schuldeten, Geld das versprochen war, Geld, das kommen sollte. Ihre Mutter hörte zu und biß sich dabei auf die Fingernägel oder auf die Lippen. Sie sagte, ja, sie verstünde, aber Lisa konnte es nicht glauben. Ihr Vater hatte niemals mit ihrer Mutter über die Geschäfte gesprochen. Es sei viel zu kompliziert, hatte er immer gesagt. Viel zu kompliziert, als daß jemand außer ihm das verstehen könne.

„Was machst du denn, Mama?"

„Ich lerne." Ihre Mutter nahm einige Papiere auf, ging sie flüchtig durch und legte sie dann wieder ordentlich zurück auf den Schreibtisch. „Die Leute verstehen überhaupt nichts. Sie reden bloß." Sie leerte das Glas mit den Stiften und Füllfederhaltern, und steckte dann einen nach dem anderen wieder zurück. „Die Leute wollen nur herumkritisieren. Dein Vater hat alles so gut gemacht. Er war erfolgreich. Wenn er am Leben wäre, würde das alles nicht geschehen."

„Was, Mama?" fragte Lisa. „Was würde nicht geschehen?"

Es war, als ob sich ein Schleier über die Augen ihrer Mutter legte. „Hast du irgend etwas gesagt? Hast du ihnen etwas gesagt?"

„Wem soll ich denn was gesagt haben, Mama?"
Ihre Mutter hielt Lisa fest am Arm und sah sie eindringlich an. „Es ist wichtig, nichts zu sagen."
„In Ordnung", versicherte Lisa. „Mach dir keine Sorgen, Mama." Sie hatte Angst. Wovon sprach ihre Mutter denn? Lisa fühlte sich wie ausgehöhlt. Das gleiche Gefühl hatte sie gehabt, als sie vom Tod ihres Vaters erfahren hatte. Es war wie Hunger, der niemals verging.
„Ich werde hier sitzenbleiben, bis dieser Schreibtisch aufgeräumt ist", sagte ihre Mutter. Sie blätterte wieder die Papiere durch. „Vielleicht bleibe ich die ganze Nacht auf." Ihre Augen glänzten nun wieder fast zu sehr. „Aber falls ich verschlafe, möchte ich, daß du mich morgen früh weckst. Eine Mutter muß für ihre Mädchen Frühstück machen."
Aber am Morgen grummelte ihre Mutter nur, als Lisa sie zu wecken versuchte. Lisa und Robyn blieben allein in der Küche. Sie frühstückten schnell und machten sich danach für die Schule fertig. „Glaubst du, daß Mami heute den ganzen Tag im Bett bleibt?" fragte Robyn.
„Ich weiß auch nicht. Vielleicht." Seit dem Tod ihres Vaters gab es immer öfter Tage, an denen ihre Mutter überhaupt nicht aufstand. Lisa kam dann von der Schule nach Hause und fand alles genauso vor, wie sie es am Morgen verlassen hatte.
„Wer bringt mich denn dann zu meiner Tennisstunde?" fragte Robyn.
„Keine Sorge, ich fahre dich."
„Weißt du auch, wohin? Shadowstone Tennis Club. Er liegt an der Gates Road neben dem Feuerwehrhaus."
„Mal mir doch einen Plan." Lisa hatte nur Spaß gemacht, aber Robyn nahm ihre Buntstifte und malte auf einem Blatt Zeichenpapier einen Plan auf.

Lisa lächelte jedesmal, wenn Robyns Tennislehrer in ihre Richtung blickte. Sah er zu ihr her? War es nur Eitelkeit?

Weshalb sollte er zu dir sehen? sagte sie sich. Er arbeitet. Er gibt Unterricht. Schau auf das Netz oder auf die orangen und gelben Bälle auf dem Feld. Schau, wie er den Ball schlägt. Schau, wie deine Schwester die Bälle wegschlägt, links und rechts und links.
Lisa stand am Zuschauerfenster, sah ihrer Schwester beim Unterricht zu, und verliebte sich in einen Jungen, dessen Namen sie nicht einmal kannte. Er schien in ihre Richtung zu blicken. – *Aber natürlich sieht er zu dir her, Liebling* – Das war die Stimme ihres Vaters, so nah, so aufmunternd. Sie schenkte dem Tennislehrer ihr schönstes Lächeln und warf interessierte, lockende Blicke in seine Richtung. Wußte er, daß das nun der wichtigste Moment seines Lebens sein konnte? Spürte er das? War er geblendet? Hörte er einen Engelschor und sah rosa Sternchen? Hatte die Welt für ihn plötzlich eine ganz andere Farbe bekommen?
Du hast ein herrliches Lächeln. Kein Junge hatte das je zu ihr gesagt. Nur ihr Vater. Sie wollte, daß ein Junge ihr das sagte! Sie wollte ganz besonders, daß dieser Tennislehrer es ihr sagte. Dieser große, schlanke junge Mann mit seinem glattrasierten, ernsten Gesicht. Er gehörte nicht zu denen, die immer nur lachten. Er war ein Denker, ein ernster Mensch. Sie liebte ernsthafte Männer mit dunklen Augen und langen, bloßen Armen und Beinen.
Sie wollte, daß er von ihrem Lächeln geblendet war. Sie wollte, daß er von ihrem Lächeln wie elektrisiert war. Sie drehte auf. Bis zur Höchstleistung. Tausend Kilowatt. Es hätte ihn töten müssen, ihn auf den Boden werfen in seinen rotweißen Hosen. Sie wollte, daß er sprachlos war, unfähig, sich zu bewegen, zu atmen oder zu denken.
Auf der anderen Seite, hinter einer großen Topfpflanze, warteten einige Frauen. Am Empfang saß eine junge Frau, das Telefon zwischen Kinn und Schulter geklemmt, und sah in ihre Richtung. Lisa setzte sich. Hatte sie ihre Lippen bewegt? Hatte sie laut gesprochen?

Denk daran, du hast ein wunderschönes Lächeln.
Er hat nicht hergesehen, Paps.
Das wird er schon noch.
Wann, Paps?
Du mußt Geduld haben, Liebling. Laß ihm Zeit.
Lisa holte tief Luft und schlug die Beine übereinander. Es beruhigte sie, an ihren Vater zu denken, seine Stimme zu hören.
Was wirst du zu ihm sagen, wenn er herauskommt?
Ich werde ihn nur ansehen und lächeln, Paps.
Das ist gut. Laß den Dingen ihren natürlichen Lauf.
Sie hörte ihren Vater so deutlich. Es war fast, als ob er nur auf einer seiner Reisen wäre. Er hatte sie jeden Abend angerufen. Sie, ihre Schwester und ihre Mutter warteten schon immer auf den Anruf. Robyn sprach als erste mit ihm, dann kam Lisa, und dann Mama. Sie telefonierte stundenlang mit ihm.
Der nächste Schüler wartete schon. Ein Junge mit seiner Mutter. Der Junge regte sich über irgend etwas auf und warf eine Zeitschrift auf den Boden. „Heb das auf!" befahl seine Mutter. Sie packte ihn und sah sich dann unsicher um.
Lisa schloß die Augen. Sie wollte die Wut und das schlechte Gewissen im Blick der Mutter nicht sehen.
Sie nickte ein. Als sie die Augen wieder öffnete, stand Robyn schon neben ihr. Hatte der Tennislehrer sie mit geschlossenen Augen gesehen? Hatte ihr Mund offengestanden?
„Du hast geschlafen", sagte Robyn.
„Hab ich nicht." Lisa sah ihn auf dem Tennisplatz bei dem Jungen mit dem eigensinnigen Gesicht. Der Lehrer schlug den Ball langsam und gleichmäßig über das Netz. Er sah nicht zu ihr her, sah überhaupt nicht in ihre Richtung.

3

SAM

Am Samstag morgen lag Sam im Bett. Damit tat er nichts Unrechtes. Nach einer harten Woche in der Schule konnte er Samstag morgens endlich ausspannen. Er langte unter das Bett nach seinem Buch. Pepo schlief an seinen Füßen.

Das Telefon klingelte. „Ja, Mama", hörte er seine Mutter sagen. Also war es seine Großmutter. Obwohl er kaum zuhörte, wußte er, daß sie über Nancy sprachen. „Ich weiß, daß du dir Sorgen machst, Mama", sagte seine Mutter, „Aber was soll ich denn machen? Ich weiß, daß sie Jim nicht mehr hat... Mama, du weißt, daß ich sofort zu ihr ginge, wenn sie mich bräuchte."

Sam erinnerte sich daran, wie seine Tante ihn bei der Beerdigung im Arm gehalten hatte. Und wie steif seine Cousine Lisa dagestanden war, sie hatte ihn nicht einmal angesehen.

„Wenn sie mich braucht, Mama, genügt ein Anruf von ihr. Ich kann sie ja nicht ständig anrufen! Ich sage: ‚Wie geht's dir, Nancy', und sie antwortet sowas wie: ‚Völlig plangemäß...' Ja, das hat sie zu mir gesagt. ‚Völlig plangemäß, Renee, was bedeutet das alles?' Natürlich habe ich sie gebeten, näher zu erklären, was sie meinte. Aber sie antwortete gar nicht mehr. Ich sagte: ‚Nancy, worum geht es denn?' Und dann hat sie eingehängt."

Sam horchte, ob Lisa irgendwie erwähnt wurde, aber er hörte ihren Namen nicht. Also las er weiter in seinem Buch.

Ein durchdringendes Pfeifen unterbrach seine Lektüre. Pepo hatte den Kopf gehoben. „Treuer, langhaariger, weißgefleckter Hund, was hörst du?" Sam stand auf und zog die Jalousie hoch.

Ethan stand in der Einfahrt, das Fahrrad zwischen den Bei-

nen. Schnell zog Sam sich an. Samstag war auch der Tag, an dem er etwas unternehmen konnte. Aber zuerst mußte er mit seiner Mutter reden. Er hörte sie nebenan staubsaugen. „Ich geh weg", schrie er, um den Lärm zu übertönen.
„Hast du dein Bett gemacht? Ist dein Zimmer sauber?"
Er zog seine Decke vom Bett und legte sie rasch zusammen. Dann holte er sich den Staubsauger. Er war ein unerbittlicher Sauger. Für den Schmutz gab es kein Entrinnen. Der Staubsauger suchte in den Ecken, jagte die Spinnen und schluckte die Staubbällchen. Alles, was auf dem Boden lag, wurde unter das Bett geschoben. Nach fünf Minuten war er fertig.
Er fand Toastbrot auf dem Herd warmgehalten. Schnell legte er Schinken zwischen zwei Stücke und biß zweimal davon ab. Den Rest schob er in seine Tasche. „Okay, ich gehe jetzt."
„Wer wartet denn auf dich?" fragte seine Mutter.
„Ethan."
„Warum tust du dich denn nicht mit Jungs in deinem Alter zusammen?"
„Ethan ist in Ordnnung. Und ich hab auch noch andere Freunde."
„Wen? Den schwarzen Jungen?"
„Mama! Du solltest keine Vorurteile haben."
„Ich habe keine Vorurteile! Ist er nun schwarz oder nicht?!"
„Nein, Lyn ist nicht schwarz, Mama. Und du bist nicht weiß. Sieh dich doch mal an."
„Mach ich. Was soll ich sehen?"
„Du bist rot. Du bist orange, oder rosa."
„Danke für das Kompliment."
Endlich konnte er gehen. Pepo drängte sich unter dem Garagentor durch, während Sam es hochhob. Ethan fuhr dem Hund hinterher, während Sam den Sitz seines Fahrrades auf die höchstmögliche Position einstellte. Wenn er und Lyn die Fahrradtour machten, würde er ein größeres Rad brauchen.

Als Pepo genug hatte und keuchend zurückkam, schob Sam ihn in die Garage und fuhr mit Ethan los.
Samstag war der Tag, an dem Sam tun konnte, was er wollte. Er mußte nicht an die Schule oder Hausaufgaben denken. Was war schon dabei, wenn Ethan jünger war als er? Mit ihm konnte er das tun, was er mit niemandem sonst tun konnte. Er mochte immer noch die Spiele, die sie erfunden hatten. Sie gingen auf Entdeckungsreisen und gaben sich Handzeichen, die sie sich ausgedacht hatten. Samstag war der Tag, an dem die Guten auf die Bösen trafen und sie besiegten.
Sie fuhren an Beacon, Silvermine, Ridgefield und Vesper vorbei. „Wo fahren wir hin?" fragte Ethan.
„Nach Cloverdale." Es würde eine lange Patrouille werden.
Ethan fuhr näher an ihn heran. „Hoovervale?"
„Cloverdale." Sam sprach jede Silbe deutlich aus. Cloverdale, wo seine Cousine Lisa wohnte.
„Warum?"
„Weil ich es sage. Weil die Welt rund ist. Hast du das gewußt? Zu erst war da Ptolemäus. Er sagte, die Welt säße auf einem riesigen Truthahn. Dann kam Kopernikus. Er sagte, die Welt sei rund. Dann kam Galilei, dann Kepler, dann Newton, dann Einstein, und dann ich, Sam Greene."
„Ich hoffe bloß, wir müssen nicht um die Hälfte der Welt, um dorthin zu kommen."
Es stellte sich heraus, daß die Fahrt nach Cloverdale länger dauerte, als Sam gedacht hatte, und sie waren beide durstig und hungrig, als sie dort ankamen. „Wo können wir was essen?" fragte Ethan. Sie sahen sich nach einem McDonalds oder etwas Ähnlichem um, wo sie Rast machen konnten. In diesem Ortsteil gab es nichts, was wie ein Laden aussah. Alles war auf vornehm getrimmt. Die Tankstelle mit Efeu überzogen, die Bank sah aus wie eine Bibliothek, und die Restaurants hatten alle weiße Tischdecken.
„Wir werden bei meiner Tante essen."
Zuerst mußten sie die Old Farm Road finden. Sie fuhren an

großen Häusern mit weiten Gärten und riesigen Bäumen vorbei. Eine Farm gab es entlang der ganzen Straße nicht. Tante Nancys Haus lag zurückgesetzt in der Mitte eines smaragdgrünen Rasens. Sie standen vor der Ummauerung und sahen zur langgezogenen Einfahrt. Sam war erst wenige Male hier gewesen, und dann immer mit seinen Eltern. Er erzählte Ethan vom Filmraum seines Onkels, wo er Fernsehfilme oder Kinofilme auf einer großen Leinwand zeigte. „Jeden Film, den du anschauen willst. Und sie haben eine Popcornmaschine, wie in den Kinos."

Aber jetzt, wo er hier war, fragte er sich, ob seine Tante sich freuen würde, ihn zu sehen. Oder seine Cousine Lisa, würde sie mit ihm reden? Ihn überhaupt ansehen? Sie lehnten ihre Fahrräder an einer schattigen Stelle an die Mauer. Sam zog den Rest des Brotes heraus, das er in seiner Tasche hatte, und teilte es mit Ethan.

„Ich dachte, wir würden bei deiner Tante essen."

„Machen wir auch", sagte Sam. „Aber wir können doch nicht einfach da einfallen und sagen, gib mir was zu essen. Du mußt diesen feinen Unterschied im Benehmen beachten. Wenn du sagst, gib mir was zu essen, tust du das, was jeder Haushund macht. Das ist ordinär. Wenn du Manieren hast, sagst du erst einmal Guten Tag. Du sitzt herum und sprichst über dies und das, du bewunderst ihren Swimmingpool, und dann, nach einer Weile, bieten sie dir auch etwas zu essen an."

„Wer mäht denn ihren Rasen?" Ethan verdiente sich mit Rasenmähen etwas Geld, deshalb hatte er ein besonderes Interesse an dieser Frage. „Das hier sieht aus wie ein Job, der fünfundzwanzig Dollar bringt."

„Dieser Rasen", sagte Sam, „wird so kurz gehalten durch eine kleine Herde von hungrigen Schafen."

„Mist!" Ethan war ein netter Junge, also fluchte er nicht.

„Mist? Das ist richtig, man sammelt den Mist wieder auf und düngt damit den Garten. Schafe fressen Gras und machen wieder Mist."

„Das brauchst du mir nicht zu erklären."
„Ich erkläre es dir aber." Er dachte langsam, daß Ethan vielleicht tatsächlich zu jung war, als daß er mit ihm noch herumziehen konnte. Und außerdem könnte seine Cousine vielleicht denken, er sei genauso jung wie Ethan, wenn sie sie zusammen sah. „Du wartest hier. Ich gehe und seh mich mal um", sagte Sam. Er hatte gehofft, daß mittlerweile jemand herauskäme, und sie hineinbat. „Jemand" war in diesem Fall natürlich seine Cousine Lisa.
Er lief an den breiten, fensterlosen Garagentüren vorbei, dann den leeren Swimmingpool im hinteren Garten entlang und versuchte, dabei ganz unbefangen zu wirken. Trotzdem war er inzwischen etwas nervös. Was war, wenn sie nicht zu Hause waren, und eine Alarmanlage besaßen, die direkt bei der Polizei Alarm auslöste? Vielleicht hatte er bereits einen Draht berührt oder eine Lichtschranke durchbrochen und die Polizei war schon hierher unterwegs?
Auf der Rückseite hatte das Haus riesige Fensterfronten. Er konnte in die Küche sehen und ins Wohnzimmer. Er sah Geschirr auf der Anrichte stehen, daneben eine Schachtel mit Cornflakes. Das Wohnzimmer war leer. Es standen keine Möbel darin. Gar nichts. Das Zimmer war genauso leer wie der Pool. Das letzte Mal, als er hier gewesen war, hatten dort lange, niedrige Sofas gestanden, Glastische und hohe, dünne Lampen, die aussahen wie schimmernde Metallblumen. Echte Blumen hatte es natürlich auch gegeben, überall hatten viele Vasen mit Blumen gestanden. Und jetzt gab es gar nichts mehr.
Dann sah er seine Tante und schrak zurück. Sie saß auf dem Boden im leeren Wohnzimmer, den Rücken an die Wand gelehnt. Sie trug Jeans und ein Sweatshirt, die Knie hatte sie aufgestellt. Sie starrte ihn geradewegs an. Er hob seine Hand zum Gruß. Ihre Augen waren geöffnet, aber sie sah ihn nicht.
Sie starrte durch ihn hindurch.

„Was ist denn mit ihr los?“ fragte Ethan, der ihm inzwischen gefolgt war.
Sam zog Ethan vom Fenster weg. „Das ist Privatsache“, sagte er. Es war derart merkwürdig, seine Tante so zu sehen, daß er gar nicht darüber nachdenken wollte.
„Warum sitzt sie denn auf dem Boden? Warum haben die überhaupt keine Möbel?“
„Sie glauben nicht daran. Es ist Teil ihrer Religion.“
„Was für eine Religion ist das denn?“
Egal, was man zu Ethan sagte, er mußte immer nachfragen.
„Ich weiß auch nicht, welche Religion es ist. Jedenfalls eine, die Möbel ablehnt.“
„Was ist denn so schlecht an Möbeln?“
„Möbel verweichlichen dich. Sie lösen dich vom Boden. Du denkst, du wärst besser als andere Menschen, und vergißt darüber Gott.“
„Glaubst du daran?“
„Warum sollte ich daran glauben? Es ist nicht meine Religion. Wenn meine Tante keine Möbel haben will, ist das ihre Sache.“
Während er heimfuhr, dachte er über seine Cousinen nach. Wo waren sie? Waren sie im Haus gewesen? Wußte Lisa, daß ihre Mutter so auf dem Boden saß? War der Rest des Hauses genauso leer wie das Wohnzimmer? Vielleicht hätte er ans Fenster oder an die Tür klopfen sollen. Aber das hatte er nicht getan. Er hatte einfach spontan reagiert. Hatte Angst gehabt, daß er gesehen werden könnte, Angst, daß Ethan etwas Blödes sagen würde, Angst, daß seine Cousine auftauchen und wissen würde, daß er ihre Mutter so gesehen hatte. Diese Gedanken gingen ihm rasend schnell durch den Kopf. Es war alles viel zu kompliziert, um darüber lange nachzudenken. Er wollte nur noch weg und so tun, als ob er gar nichts gesehen hätte.

4

LISA

Als Lisa am Thanksgiving morgen nach ihrer Mutter sah, saß sie immer noch auf dem Bett. Sie hatte einen ganzen Stoß von Kleidern auf dem Schoß liegen, und noch mehr Kleider lagen auf dem Bett verstreut. „Ich weiß nicht, was ich anziehen soll."

Lisa hielt das graue Kleid mit dem weißen Kragen hoch. „Das hier vielleicht, Mama?"

„Es ist scheußlich."

„Wie wäre es mit der schwarzen Samthose und einer weißen Bluse?"

„Verbrenn sie", sagte ihre Mutter.

Lisa starrte sie an.

„Ich sagte, verbrenn sie."

Zur Zeit wußte Lisa nie, was ihre Mutter als nächstes sagen würde. Sie dachte daran, wie sie nun schon öfter von der Schule nach Hause gekommen war, und ihre Mutter saß immer noch am gleichen Platz und trug immer noch den gleichen lila Jogginganzug. Nichts war gemacht. Dann sagte sie gewöhnlich: „Wie spät ist es denn, Lisa? Ich muß mich anziehen."

Manchmal tat ihre Mutter ihr leid. Sie schien so verwirrt. Manchmal bekam Lisa Angst. Manchmal schrie sie ihre Mutter sogar an. Wie konnte sie denn den ganzen Tag nur auf einer Stelle sitzen? Danach war ihre Mutter dann meistens ein oder zwei Tage normal und erledigte, was zu tun war. Aber bald war es wieder das gleiche.

„Mama, warum ist denn alles so schwer? Warum bist du so?"

Ihre Mutter hob die Hände und ließ sie fallen. „Es tut mir

leid, Liebes. Ich bin so müde, mir geht es gar nicht gut. Seit dein Vater…"
„Mama, wir können ja auch zu Hause bleiben. Großmutter wird das verstehen."
„Warum sagst du so etwas? Meine Mutter erwartet uns. Sie wird enttäuscht sein, wenn wir nicht kommen. Ich muß hingehen."
Der Ton ihrer Mutter hatte sich geändert. Sie verhielt sich im einen Moment so, im nächsten ganz anders. Sie war wie der Wind, ständig änderte sie die Richtung. Wenn sie sich wenigstens immer gleich verhielte, entweder ärgerlich oder traurig, dann käme Lisa besser damit zurecht. Sie holte tief Luft. „Ich kann Großmutter anrufen und sagen, daß du dich nicht gut fühlst."
„Du bist so hartherzig", beschwerte sich ihre Mutter. „Denkst du denn gar nicht an deine Großmutter? Denkst du an niemanden als an dich selbst?"
Lisa fuhr zurück, als ob sie geschlagen worden sei. „Mama, ich bin nicht hartherzig."
Ihre Mutter sah sie kühl an. „Wir fahren jedenfalls. Du kannst mich nicht davon abbringen."
Warum ging ihre Mutter nur dauernd auf sie los? Sollte sie doch machen was sie wollte. Lisa hatte es satt, geduldig, ruhig und verständnisvoll zu sein. Ihre Mutter hatte ihren Mann verloren, aber Lisa hatte ihren Vater verloren. Eigentlich hatte sie mehr verloren als ihre Mutter. Irgendwann würde ihre Mutter vielleicht einen anderen Mann finden, aber Lisa würde nie einen anderen Vater haben.

Lisa saß bei Robyn und band Schleifchen ins Haar ihrer Schwester.
„Hast du Großmutter nicht auch unheimlich lieb?" fragte Robyn.
„Was ist mit Großvater? Er ist auch immer so nett." Sie besuchte gerne ihre Großeltern, aber nicht an Thanksgiving,

wo die ganze Familie im kleinen New Yorker Apartment ihrer Großeltern versammelt war. Da sprachen immer alle auf einmal, es gab zu viel Essen und zu viele Leute. Und dann traf sie auch noch ihre dicken Cousins und mußte sich die lauten, dummen Kommentare ihrer Tante Renee anhören. In den Jahren bisher hatte ihr Vater immer für einen Ausgleich gesorgt, und ihre Mutter war glücklich gewesen, hatte alle anderen in den Schatten gestellt.

Robyn sah zu Lisa auf. Sie hatte die gleichen sanften, grauen Augen wie ihre Mutter. Lisa ähnelte mehr ihrem energischen Vater mit seinem breiten Knochenbau und seinem dunklen Aussehen. Sie hatte auch die gleichen dicken Augenbrauen. Er scherzte immer: „Aber Gott sei Dank, hat sie nicht meinen Schnurrbart." Obwohl Lisa sich manchmal Sorgen machte, wenn sie in den Spiegel sah und die winzigen dunklen Haare entdeckte, die immer wieder nachwuchsen, egal wie oft sie sie ausgezupft hatte.

„Ist Mama wieder wütend?" fragte Robyn.

„Sie ist nur müde, Käferchen." Ihr Vater hatte sie so genannt. Meine zwei kleinen Käfer, hatte er immer gesagt. Lisa spürte den vertrauten Schmerz in ihrer Brust, der sich wie Ketten um ihr Herz legte.

Bei der Großmutter saß Lisa auf dem Fensterbrett. Ihre Finger trommelten ganz unbewußt auf dem Knie. Als sie es merkte, zwang sie sich, damit aufzuhören. Es war ein Tick, eine schlechte Angewohnheit, die sie verabscheute, aber einen Augenblick später fing sie schon wieder damit an.

Onkel Steve unterhielt sich mit Großvater darüber, warum er es abgelehnt hatte, Direktor zu werden. „Ich bleibe lieber Assistent. Ich bin zu alt für all die Kämpfe und den ganzen Ärger. In letzter Zeit denke ich nur noch an unseren Urlaub. Ich würde am liebsten sofort fahren, nicht einmal auf die Winterferien warten." Er und Großmutter hatten vor, in den Ferien an der Universität von Barcelona zu studieren.

„Wir hatten die Wahl, entweder in Spanien Malerei zu studieren oder die Wohnung neu zu streichen“, erzählte Großmutter. „Und ihr wißt ja, wo unsere Prioritäten liegen.“
„Spanien hört sich so romantisch an“, sagte Lisa.
„Das nächste Mal werden wir dich mitnehmen.“ Aber dann verdarb sie Lisa die Freude wieder, indem sie Sam ebenfalls einlud. Nicht daß er es gehört hätte. Er saß da und hatte die Hände auf die Kopfhörer gelegt.
Lisa blickte aus dem Fenster. Es war ein grauer Tag, noch nicht spät, aber die Dämmerung lag schon in der Luft. Sieben Stockwerke tiefer lag der Park, zu dem nur die Leute Zutritt hatten, die in den umliegenden Gebäuden wohnten. Sie sah einen Mann mit einem Hund an der Leine das Tor aufsperren und hineingehen. Dann nahm er dem Hund die Leine ab und ließ ihn laufen.
Sie wandte sich um und schaute in das hell erleuchtete Zimmer. Ihre Großmutter setzte sich neben sie und legte die Arme um sie. Lisa küßte ihrer Großmutter die Hand.
„Wie geht es denn meiner hübschen Lisa?“ fragte die Großmutter.
„Mit geht es gut, Großmama...“
„Wir vermissen alle deinen Papa.“
Lisa schmiegte sich an den Arm ihrer Großmutter. „Sieht Mama nicht hübsch aus?“
Ihre Mutter hatte schließlich doch das schiefergraue Kleid mit dem bestickten Kragen angezogen. Wie sie so ruhig auf dem Sofa saß, das Haar zurückgekämmt, sah sie aus wie eine altmodische Puppe. Verglichen mit ihr wirkte Tante Renee in ihrem reichverzierten roten Samtkleid wie eine verblühte rote Blume.
„Und was macht Nancy denn nun zur Zeit?“ fragte Großvater.
„Nancy?“ sagte Lisas Mutter, als ob sie über jemanden sprächen, den sie kaum kannte. „Nancy arbeitet in einem Restaurant.“

„In einem Restaurant?“ fragte Großmutter nach.
„Ich helfe... einem Freund.“ Ihre Mutter sprach zögernd. „Er ist ein Freund von Jim. Ein Geschäftsfreund. Vince Gault. Er besitzt ein paar Restaurants und hat mich gebeten, ihm zu helfen.“
„Ich hoffe, es ist etwas Kreatives? Du hast soviel Talent.“
„Er will die Ausstattung eines seiner Restaurants ändern...“
„Ach, du arbeitest an einem bestimmten Stil.“
„Ja... Hawaianisch.“
„Du hattest schon immer eine künstlerische Ader.“
„Als du sagtest: Restaurant“, meinte Tante Renee, „dachte ich schon, du spülst Geschirr.“
„Nancy und Geschirrspülen?“ rief Großmutter aus. „Wie kommst du nur auf die Idee, Renee?“
„Warum arbeitet sie denn überhaupt? Wenn Steve mehr verdienen würde, und ich es mir leisten könnte, bei meinen Kindern zu Hause zu bleiben, würde ich es sofort machen.“
„Was ist schlecht an künstlerischer Arbeit? Aber du hast dir ja noch nie höhere Ziele gesteckt.“
„Was meinst du damit, Mama? Ich dachte, ich mache mich mit Steve und den Jungs gar nicht so schlecht.“
„Ich rede von einem breiteren Rahmen.“
„Ach breiter! Ich möchte gar nicht breiter werden, Mama.“ Sie und Onkel Steve kicherten.
„Du siehst jedenfalls gut aus, Nancy“, sagte Großvater. Großvater mußte die Situation wieder retten! Er wandte sich an Lisas Großmutter. „Findest du nicht auch, daß sie gut aussieht?“
„Ein bißchen dünn vielleicht“, meinte Großmutter. „Wir werden nun bald im Urlaub sein. Meinst du, du kommst zurecht?“ Tante Renee kickte einen ihrer hochhackigen Schuhe davon und deutete mit der großen Zeh auf Onkel Steve, so daß jeder ihre Beine sehen konnte. „Der da“, sagte sie, „der ist das Problem.“
„Er“, berichtigte Großmutter sie. „Er ist das Problem.“

„Danke für die Grammatiknachhilfe, Mama. Ich wollte ja den Zug nehmen. Aber er wollte fahren, weil er nie warten kann. Er kann auf keinen Zug warten, aber es macht ihm gar nichts aus, wenn er eine Stunde braucht, um einen Parkplatz zu finden."

Onkel Steve machte ein zufriedenes Gesicht. Ihr Onkel und ihr Cousin Sam sahen sich ähnlich. Sie hatten das gleiche runde, fröhliche selbstzufriedene Gesicht. Zwei Große-Jungen-Gesichter, eines mit einem Wuschelkopf, das andere ohne. Lisa war nicht gerade verrückt nach ihnen, aber sie mochte ihren Onkel lieber als ihren Cousin und ihren Cousin noch lieber als ihre Tante.

„Regt euch ab", sagte Sam. Er hatte immer noch die Kopfhörer auf und sah verstohlen zu Lisa herüber. Ständig sah er sie mit seinen scheußlichen Kleine-Jungen-Augen an.

Adam, ihr jüngerer Cousin, lag unter einem Stuhl und spielte mit seinem Auto. Er wiederholte jedes Wort, das sein Bruder sagte, wie ein Papagei. „Regt euch ab, regt euch ab, regt euch ab."

Tante Renee schnappte sich Adam und küßte ihn, rollte ihn herum und reichte ihn an Onkel Steve weiter, der ihn an die Decke warf, abknutschte und ins Ohrläppchen biß. Lisa konnte sich nicht daran gewöhnen, wie sie in dieser Familie miteinander umgingen. Sie nannten das Liebe, aber ihr schien es mehr wie Kannibalismus. Wenn Adam der Truthahn gewesen wäre, hätten sie ihn auf der Stelle aufgegessen.

Ihr Großvater stand am Tischende und wartete darauf, daß alle schwiegen. „Ruhe im Klassenzimmer", witzelte Onkel Steve. „Der Direktor spricht."

Sie hielten sich während des Gebetes alle an den Händen. „Laßt uns danken ..." Aber kein Wort über ihren Vater. Nicht ein einziges Wort. Lisa betete im stillen. *Jeden Tag denke ich an dich. Wenn ich am Morgen aufwache und auch wenn ich schlafen gehe. Während ich hier esse, denke ich an dich. Ich habe dich nicht vergessen. Ich werde dich nie vergessen.*

Dann ging das Geschmatze los ... reich mir doch bitte das Fleisch ... die Füllung ... Onkel Steve hatte ein Bein und Sam das andere. Großmutter bat um ein kleines Stück von der Brust. Lisa sah, daß ihr Cousin Sam ihr wieder einen verstohlenen Blick zuwarf. Konnten sie denn nicht einmal das Wort Brust sagen, ohne sein pupertäres Gehabe? Als sie an der Reihe war, sagte sie: „Ich nehme auch ein Stück von der Brust, Großvater." Und sie starrte ihren Cousin an.
„Kann ich dir eine Kartoffel geben, Sam?" fragte Großvater.
„Klar!"
„Lisa, mein Liebes?"
„Ich möchte im Augenblick keine, Großpapa. Vielen Dank."
„Sam, hörst du, wie gepflegt sie spricht", bemerkte Tante Renee.
„Was möchtet ihr denn trinken?" fragte ihr Großpapa. „Wir haben Cola, Diätcola und Bier."
„Ich nehme ein Bier", sagte Sam.
„Das kommt gar nicht in Frage", wehrte sein Großvater ab.
„Der Truthahn ist Klasse", lobte Onkel Steve. „Wer hat ihn denn gemacht?"
Großmutter deutete auf Großvater, der die Getränke hereinbrachte.
„Wie findest du die Füllung?" fragte er. „Kannst du die Äpfel darin schmecken? Ich habe das Rezept von der Diätköchin an meiner Schule bekommen." Er stellte eine Flasche Mineralwasser vor Sam auf den Tisch. „Wie ist es damit, Sam?"
Sams Mund war so voll, daß er nur nicken konnte. Er hatte einen Schlegel in der Hand und einen fettigen Mund.
„Nancy, du ißt ja kaum", stellte Großmutter fest. „Möchtest du noch etwas Kartoffeln? Du hast sie doch immer gerne gemocht."
Ihr schlampiger Cousin fegte Brotkrumen von seinem Hemd. „Ich finde, dein Haar sieht hübsch aus, so weiß, Tante Nancy", sagte er. „Irgendwie denkt man an ein Gänseblümchen."

Wer hatte nach seiner Meinung gefragt? Lisa starrte auf die Polster an seinem Bauch.
Ihre Mutter spielte mit ihrer Halskette.
„Ist das reines Gold, Nancy?“ fragte Tante Renee. „Sieht ziemlich teuer aus.“
„Müssen wir immer über Geld reden?“ fragte Sam. „Das ist das allerletzte, worüber es sich zu reden lohnt.“ Und das war die erste intelligente Aussage, die Lisa von dieser ganzen Bande gehört hatte.
Nach dem Essen ging Lisa ins Schlafzimmer ihrer Großmutter und telefonierte mit Margie Lewis wegen einer Hausaufgabe in Englisch, die sie bis nach den Ferien zu machen hatten. Sie lag quer über dem Bett. Die Tür war offen. Draußen ging Sam vorbei. Sie lag auf dem Rücken, die Knie aufgestellt. Sie sah ihn hereinschauen und streckte automatisch die Beine aus. Dann zog sie sie wieder an, und er wurde rot und verschwand.

5

SAM

Am Montag morgen kauerte Sam vor seinem Schrank in der Schule. Die Bücher lagen alle auf dem Boden verstreut. Er sah auf, und ein Mädchen stand direkt vor ihm. Sie trug ein weißes Sweatshirt mit etwas vornedrauf, was aussah wie ein Tiger. „Hast du einen Kaugummi?" fragte sie.
Er kaute gerade einen Kaugummi und hatte noch irgendwo einen, aber er starrte sie nur an, denn von unten sah sie einfach riesig aus. „Tut mir leid", sagte er. „Hab keinen mehr."
Sie deutete auf den Boden. Dort lag neben seinen verstreuten Büchern ein Päckchen Kaugummi. Er reichte es ihr. Er dachte, sie würde jetzt gehen, aber sie stand weiter da und wickelte einen Streifen nach dem anderen aus, und ließ die Papierchen auf ihn hinunterfallen. „Wolltest mir wohl nichts abgeben?" fragte sie.
Er stand auf und war ganz durcheinander. „Tut mir leid. Ich hab sie wegen dem ganzen Chaos nicht gesehen." Er deutete auf seine Bücher.
„Chaos stimmt." Sie stieß eines der Bücher mit dem Fuß weg, es tanzte über den Boden. Einen Augenblick lang dachte er, sie würde seine ganzen Bücher über den Flur kicken. „Wie heißt du denn?" fragte sie. „Ich heiße Jamie Roberts. Wo wohnst du? Hast du eine Freundin?"
Er merkte, daß er rot wurde.
„Gehst du am Freitag abend zur Weihnachtsparty?"
„Party?" Sie schaffte es wirklich, daß er sich ganz dumm und ungeschickt fühlte.
„Hop", sagte sie. „Hop, hop, hop." Und sie fing an, ihre Arme zu bewegen. „Bebop, hop, hop." Ihre Hüften tanzten und ihre Brüste hüpften. „Was sagst du, Sam? Gehst du tanzen?"

„Freitag abend?“ Alles was er herausbrachte, waren Fragen. „Tut mir leid...“ Und eine Entschuldigung. „Tut mir leid, ich kann nicht“, sagte er. „Ich muß auf meinen Bruder aufpassen. Meiner Mutter helfen.“
„Deiner Mutter! Deinen Bruder! Deiner Mutter!“ Es hörte sich lächerlich an, so wie sie es sagte. „Das ist eine ganz schöne Scheiße!“ Sie lehnte sich vor und schlug ihn ins Gesicht.
„Heh“, sagte er und wich zurück.
Sie legte ihre Hand leicht auf seinen Pulli und schubste ihn. Er wich noch einmal zurück. Er machte sich um seine Nase Sorgen, hatte Angst, sie könnte sie womöglich zwischen die Finger nehmen und drehen.
Sie lächelte. „Fröhliche Weihnachten“, sagte sie. „Bis dann, Süßer.“

Später, beim Mittagessen, saß Sam bei Lyn Witkin. „Wo ist denn dein Essen?“ fragte Lyn.
Sam nahm einen Bissen von Lyns Apfel. Er war absichtlich bis jetzt nicht mehr in die Cafeteria gegangen. „Mittagessen ist eine Angewohnheit, die ich mir abgewöhnen will.“
„Was ist denn schlecht am Mittagessen?“
„Das Essen.“ Er versuchte, seinen Appetit in Griff zu bekommen. Er hatte sich etwas zu essen von zu Hause mitgebracht und es weggeworfen. Essen war Tyrannei. Er hatte gesagt, er wolle nichts essen, und dann aß er doch. Er nahm noch einen Bissen von Lyns Apfel. „Ich werde wahrscheinlich zu Hause ausziehen müssen, um mit dem Essen aufzuhören. Jedesmal wenn ich in die Küche gehe, habe ich verloren.“
„Du bist groß“, sagte Lyn, und breitete eine Karte auf dem Tisch aus. „Aber du bist nicht fett, Sam. Fett ist auch nur ein Wort. Ein Begriff. Du bist groß, vielleicht sogar stämmig, aber du bist nicht zu groß. Sieh dir nur mal die Footballspieler an. Die suchen immer nach Spielern von deiner Figur.

Wenn du nichts ißt, wirst du diesen Wettbewerbsvorteil verlieren."

Lyn hielt die Karte mit beiden Händen auf dem Tisch. Die Rückseiten seiner Hände waren dunkler als Sams. Er und Sam besuchten die gleiche Klasse in Literatur. Lyn schrieb lange Geschichten über einen schwarzen Supermann, und Mrs. Kembler bat ihn immer, sie der Klasse vorzulesen. Jeder sonst schrieb bestenfalls eine Seite oder eine halbe. Lyn kam immer mit zwanzig Seiten an. Er schrieb Bücher. Er war nicht besonders gut in den anderen Fächern, aber bei Mrs. Kembler war er ein Genie. Und wenn Mrs. K. ihn bat, etwas vorzulesen, stand er ohne zu zögern auf, er verzog nicht einmal das Gesicht. Ihm gefiel jedes einzelne Wort, das er geschrieben hatte.

Sie studierten die Karte. Im Frühling wollten sie eine Fahrradtour zusammen machen. Sie wollten leisten, was sie konnten. Sie sprachen über Ausdauer und wieviel Lebensmittel sie bräuchten. Dann testeten sie gegenseitig ihre Schmerzgrenze. Sie gruben die Fingernägel in die Unterarme des anderen, bis es blutete. Sam freute sich darauf, daß er bei dieser Tour seine ganzen Pfunde abschwitzen würde.

Später, nach der Schule, sah er Jamie wieder. Er und Lyn warfen sich gerade einen Ball zu und sprachen über Mr. Markson, den Sozialkundelehrer. Mr. Markson hatte Sam gebeten, seine Hausaufgabe noch einmal zu machen. „Warum soll ich sie noch einmal machen?" sagte Sam. „Ich hab sie doch schließlich gemacht, oder vielleicht nicht? Dabei kommt es doch nicht auf die Handschrift an, oder? Weißt du, was er gesagt hat? Schlampige Arbeit, schlampiger Geist."

„In deinem Fall stimmt das sogar. Würde es dir vielleicht gefallen, dreißig schlampig geschriebene Seiten zu lesen?" Lyn mochte Mr. Markson, weil er immer sehr auf die Bürgerrechtsbewegungen der sechziger Jahre einging.

„Oh, Sam!" Das war Jamie, die mit ihren Freundinnen da-

stand. „Sam“, rief sie. „Sam, willst du mit mir tanzen? Und dann fiel ihre ganze Clique mit ein: „Sam!“ Und sie fingen an, sich im Rhythmus zu bewegen, bewegten die Arme und Beine und drehten ihm dann ihre Hinterteile zu, wobei sie die Hüften schwenkten.
Lyn bekam einen Lachanfall, und Sam sagte laut, so daß die Mädchen es hören konnten: „Womit habe ich das nur verdient?“ Allein wäre er sicher nicht so mutig gewesen.

Sam war allein zu Hause, als seine Cousine anrief. „Hier ist Lisa“, meldete sie sich. „Lisa Allen.“ Als ob er seine eigene Cousine nicht kannte.
„Hallo Lisa“, sagte er. Gut, daß sie nicht sehen konnte, wie rot er geworden war.
„Ist deine Mutter da?“
„Sie war bis vor einer Minute da, Lisa.“
„Ist meine Mutter bei euch, Samuel?“
Samuel? Sie wollte ihn wohl völlig fertig machen. „Nein, deine Mutter ist nicht hier.“
„War sie heute schon da? Hat sie angerufen? Hat deine Mutter mit ihr gesprochen?“
„Soviel ich weiß, nicht. Und soviel ICH weiß, wird sie heute auch nicht ERWARTET. Aber warte mal, ich frage meine Sekretärin. Es gibt so vieles, an was man denken muß.“ Er fand, daß er das recht gut gesagt hatte. Langsam wurde das ganze reif für das Guiness Buch der Weltrekorde – Rubrik: Die längste Unterhaltung, die ich je mit meiner hochnäsigen Cousine geführt habe.
Er blickte aus dem Fenster und sah seine Mutter in der Einfahrt, sie setzte gerade ihr Auto zurück. „Mama“, rief er, und legte den Hörer neben das Telefon. „War Tante Nancy hier, oder kommt sie später noch?“
Seine Mutter kurbelte das Fenster hinunter. „Was?“
„Hast du Tante Nancy heute gesehen? Hast du mit ihr gesprochen? Sie soll heute hier sein.“

„Wann?“ fragte seine Mutter. „Will Nancy hierher kommen?“
„Vergiß es, Mama.“ Er nahm den Hörer wieder auf und berichtete: „Negativ, in jeder Beziehung. Wir haben deine Mutter nicht gesehen und sie wird auch nicht erwartet.“
„Ich dachte...“ Lisa zögerte. „Ich weiß... Bist du sicher? Meine Mutter muß einfach da sein. Sie ist heute morgen weggegangen und noch nicht wieder zurück.“
„Vielleicht besucht sie ihren Freund“, sagte er.
„Was sagst du da! Bei dir stimmt wohl etwas nicht? Mein Vater ist erst seit drei Monaten tot. Kann ich bitte mit Tante Renee, deiner Mutter, sprechen!“
„Tante Renee, meine Mutter, wird dir auch nicht mehr sagen, als ich, dein Cousin, dir gerade gesagt habe.“
„Ich möchte trotzdem mit Tante Renee sprechen.“ Sie sprach den Namen seiner Mutter komisch aus – Re-neii. „Sie heißt nicht Re-neii“, sagte er. „Sie heißt Reneeeee!“ Meine Güte, hatte er seine Gedanken wirklich ausgesprochen?
„Gib mir bitte mal deine Mutter.“
„Sie ist gerade nicht hier.“
„Ich habe doch gehört, wie du mit ihr gesprochen hast.“
„Das war, als sie hier war. Sie ist weggefahren.“
„Wohin?“
„Wohin sie, Mama, gegangen ist? Ich, Sohn und Cousin, weiß es nicht.“
„Was für ein Spielchen spielst du denn mit mir?“
„Keines. Nichts. Niente. Rien. Gar nix.“ Die ganze Sache wurde ja langsam reichlich albern, aber er konnte einfach nicht damit aufhören. „Das ist die Wahrheit. Deine Mutter ist nicht hier. Meine Mutter ist nicht hier. Es sind überhaupt keine Mütter hier.“
„Wohin ist Tante Renee gegangen?“
„Wohin sie immer geht. Meine Mutter geht einfach. Sie geht zur Arbeit. Sie geht einkaufen. Sie besucht Leute.“
„Um welche Zeit wird sie wieder zu Hause sein?“

„Um welche Zeit wird sie zu Hause sein?" Jetzt wiederholte er alles, wie ein Papagei. „Fünf oder sechs Uhr vielleicht. Dann macht sie Abendessen. Dann geht sie arbeiten. Möchtest du noch etwas wissen? Soll ich ihr ausrichten, daß du angerufen hast?"
„Ist Onkel Steve da? Kann er vielleicht ans Telefon kommen?"
„Onkel Steve, mein Vater? Nein, er ist nicht zu Hause."
„Sag deiner Mutter, daß ich sie später noch einmal anrufe. Tut mir leid, daß ich dir solche Umstände gemacht habe", sagte sie und legte auf.

6

LISA

Die Leere im Haus war richtiggehend spürbar.
Robyn wollte, daß sie die Lichter anließen. „Hast du die Tür offen gelassen?"
„Mama hat ihre Schlüssel."
„Was ist, wenn sie sie verliert? Was ist, wenn sie spät nach Hause kommt? Wir könnten schlafen und sie nicht hören."
„Ich werde sie hören." Nichts würde Lisa davon abhalten, ihre Mutter hereinkommen zu hören. In dem Augenblick, in dem das Taxi in die Einfahrt einbog – nein – schon vorher, wenn es auf der Straße die Fahrt verlangsamte, wäre sie wach.
Robyn wollte in Lisas Zimmer schlafen. Sie setzte sich auf die Matratze. Lisas Möbel, genau wie die von Robyn und die Wohnzimmereinrichtung, waren vom Laden wieder abgeholt worden. Die Matratze lag auf dem Boden, und Lisa bewahrte ihre Kleider in ihrem Koffer auf.
Robyn war schon im Schlafanzug, ihr Haar war offen und ganz verwuschelt. „Es ist wie zelten", sagte sie. „Ich finde es lustig, daß wir zusammen schlafen."
„Wie zelten", stimmte Lisa ihr zu und drückte Robyns Hand. Sie saß still da, nachdem Robyn eingeschlafen war. Ein Auto wurde auf der Straße langsamer, aber es fuhr vorbei.
„Lisa", Robyn wachte auf. „Wie spät ist es? Ist Mami schon zu Hause?"
„Ich habe dir doch gesagt, sie kommt bald nach Hause." Sie hielt die Hand ihrer Schwester und lauschte ... Als sie sicher war, daß Robyn wieder schlief, ging sie ins Zimmer ihrer Eltern und rief die Taxigesellschaft an, mit der sie immer fuhren. Sie hätte schon früher anrufen sollen.

„Old Farm Road Nummer fünfundzwanzig?" wiederholte der Fahrdienstleiter. „Klar. Ich kenne euch doch. Warte einen Moment."
Sie hörte, wie er ins Telefon atmete. „Also, mal sehen, wir haben dort um neun Uhr dreißig heute morgen jemand abgeholt. Taxi zum Bahnhof. Um neun Uhr fünfundfünzig dort angekommen."
Lisa legte auf und rief beim Bahnhof an. Heute morgen war ein Zug um 10:05 Uhr nach Boston gegangen und ein anderer nach New York City um 10:55 Uhr.
Als nächstes rief sie ihre Großeltern an. Sie hoffte, ihre Großmutter würde sagen: „Nancy? Deine Mutter sitzt hier gleich neben mir. Möchtest du mit ihr reden, Liebes?" Aber ihre Großmutter sagte: „Liebes, wie schön, daß du anrufst. Wir fahren am Freitag, aber ich glaube nicht, daß deine Mutter uns zum Flughafen bringen sollte. Die Maschine geht erst sehr spät. Gib mir Nancy doch mal schnell."
Das war der Augenblick, wo die Täuschungsmanöver begannen. „Sie ist nicht da, Großmama."
„Ihr Mädchen seid alleine?"
Lisa hörte die Alarmglocken am anderen Ende läuten. „Mama ist geschäftlich unterwegs. Es ist nur für einen Tag, Großmama."
„Sie hat euch über Nacht allein gelassen?"
Lisa zog ihre Großmutter auf. „Denkst du vielleicht, ich kann mich nicht einen Tag lang um mich selbst und Robyn kümmern? Mama kommt morgen wieder zurück." Als sie das sagte, fühlte sie sich erleichtert. „Ich habe nur angerufen, um zu fragen, wie es dir geht, Großmama." Und als sie die Geschichte für ihre Großmutter erfand, erfand sie sie auch für sich selbst. Bei einem der Einkaufszentren hatte es einen Unfall gegeben. Vielleicht bei dem in Springfield, oder bei dem in Maine. Ihre Mutter hatte es erst ganz kurzfristig erfahren. Sie hatte für nichts mehr Zeit gehabt, nicht einmal um Lisa eine Nachricht zu hinterlassen.

Am Morgen erzählte sie Robyn: „Mama mußte geschäftlich nach Boston. Sie kommt heute abend wieder nach Hause."
Das war am Dienstag.
In dieser Nacht konnte Lisa nicht schlafen. Ihre Gedanken kamen nicht zur Ruhe. Sie lag im Bett, die Augen offen, und sah zu, wie sich die Bäume vor ihrem Fenster bewegten. Stimmte etwas nicht mit ihrer Familie? Lag es an ihr? Lisa? Sie hätte ihre Mutter nicht anschreien sollen. Ihre Mutter war so leicht zu verletzten. Was war, wenn sie weggegangen war? Zuerst ihr Vater, dann ihre Mutter. Eine Katastrophe folgte auf die andere. Nein, nein, das war es nicht. Es war gar nichts. Es war etwas Geschäftliches.
An diesem Gedanken hielt sie sich fest. Ihre Mutter hatte nicht angerufen, weil sie zu beschäftigt war, zu viele Dinge erledigen mußte. Aber was war, wenn ihr etwas zugestoßen war? Sollte sie nicht lieber das Krankenhaus oder die Polizei anrufen? Aber das käme einem Eingeständnis gleich, daß etwas Schlimmes passiert war.
Sie schob diesen Gedanken beiseite. Ihre Mutter war geschäftlich unterwegs. So einfach war das. Aber einen Moment später kam die Angst zurück. Ihre Gedanken wanderten einmal hierhin und dann wieder dorthin. Wie Wellen, die an die Küste schlagen. Klatsch, stürmten die schlimmen Gedanken auf sie ein. Dann zogen sie sich wieder ein bißchen zurück. Dann machte es wieder klatsch, und die nächste Welle hatte sie getroffen.
Am Mittwoch morgen sprachen Lisa und Robyn während des Frühstücks darüber, was sie später unternehmen würden. Heute war Robyns Tennisstunde. Lisa versprach ihr, sie von der Schule abzuholen. Es war wichtig, daß sie ihren üblichen Tagesablauf beibehielten. So blieb alles normal und unter Kontrolle. Lisa sah auf die Uhr. Sie wollte nicht, daß sie zu spät zur Schule kamen.

Lisa saß da und hörte zu, wie Mrs. Foster über Sylvia Plaths

Gedichte und das traurige Ende ihres Lebens sprach. Sie hatte Selbstmord begangen und ihre beiden Kinder mutterlos zurückgelassen. Lisa schrieb mit. Die Gedichte nahmen sie völlig gefangen. Plötzlich wurde ihr bewußt, wie sie dasaß, zuhörte und mitschrieb. – Seht doch, Lisa Allen schreibt mit! – Sie schloß die Augen. Nahm sie sich zu wichtig? Sie öffnete die Augen und sah sich im Klassenzimmer um. Spaltete sich ihre Persönlichkeit womöglich? Wurde sie verrückt?

In der Mittagspause saßen sie und Debbie Brockway im Flur. Debbie fragte sie, ob sie übers Wochenende mit ihr und ihrem Vater in New Hampshire skifahren gehen wollte. Zu jeder anderen Zeit hätte Lisa sofort ja gesagt, aber sie mußte ablehnen. Sie konnte Robyn nicht allein lassen. Hatten sie überhaupt noch das Geld für solche Sachen? Sie erzählte Debbie, daß ihre Großeltern am Wochenende nach Spanien abreisten, und daß die ganze Familie sie zum Flughafen bringen wollte.

In diesem Augenblick fiel Sandy Terrell versehentlich über Lisas Füße.

„Er ist in dich verknallt“, sagte Debbie. „Hast du nicht gesehen, wie er das gemacht hat?“

„Du glaubst wirklich, er ist in mich verknallt?“

„Und wie!“ Debbie kicherte.

Da wurde Lisas Name über den Lautsprecher ausgerufen.

„Lisa Allen, bitte komm sofort ins Sekretariat.“

Lisa war wie gelähmt. War das der Anruf? Wer war es? Wer wartete auf sie im Sekretariat?

Die Frau dort reichte ihr einen Zettel. Lisa brauchte einen Moment, um die Nachricht zu entziffern. Sie stammte von einem ihrer Lehrer, der sie bat, bei ihm vorbeizukommen, weil er sich mit ihr über ihre weitere Ausbildung unterhalten wollte.

Diesen Nachmittag saß sie neben dem Tennisplatz und sah Robyn zu, wie sie beidhändig Tennis spielte. Der Tennislehrer hatte kräftige Beine. Ihr wurde ganz heiß. Wenn sie sich Männer genauer betrachtete, passierte ihr das manchmal. Es waren Kleinigkeiten, wie Mr. Paiges lange Wimpern, oder wenn das Sonnenlicht auf dem Unterarm eines Jungen tanzte.

Nach der Stunde kam der Lehrer mit Robyn zu ihr. „Ich bin Andrew." Er zog am dunklen, nassen Pferdeschwanz von Robyn. „Deine Schwester entwickelt sich zu einer guten Spielerin."

Lisa wußte, daß sie seine Augen nicht vergessen würde. Seine Augenfarbe wechselte ständig von grau zu blau und wieder zurück. Sie sah ihm direkt in die Augen. Vielleicht hätte sie wegschauen sollen. Naja, sie hatte es nicht getan. Sie hatte es nicht gewollt.

„Deine Schwester hat Talent", sagte er. „Das sage ich nicht sehr oft. Talent ist sehr selten. Genau wie Schönheit."

Meinte er sie damit? *Das tut er, Liebes. Er meint dich!*

„Kommst du jetzt immer mit Robyn?"

„Ja."

„Das ist schön", sagte er.

Das hatte er wirklich gesagt. Das ist schön.

Später versuchte sie, sich daran zu erinnern, wie er es gesagt hatte. War es nur so dahin gesagt, wie ... nett, dich kennenzulernen? Nein. Er hatte es gesagt, weil er es so meinte. Weil er sich darauf freute, sie wiederzusehen. Weil er ihr in die Augen sehen wollte.

Diese Nacht, als sie sicher war, daß Robyn schlief, ging Lisa nach unten und rief Vince Gault an. Sie hätte ihn schon längst anrufen sollen. An alles dachte sie immer zu spät.

„Deine Mutter?" fragte Vince. „Ob Nancy hier ist? Sagte sie das?"

„Ich dachte nur ..." Sie erinnerte sich daran, daß Vince ihre Mutter zu Hause abgeholt hatte. Die beiden gingen zusam-

men weg. Dann kam ihre Mutter erst spät zurück. „Wir hatten über soviel zu reden“, hatte ihre Mutter gesagt. Lisa hatte sie angeschaut, und das hatte ihre Mutter nervös gemacht. „Hör auf, mich so anzustarren.“
„Nein, ich habe Nancy schon eine ganze Weile nicht mehr gesehen“, sagte Vince. „Wie geht es ihr?“
„... auf Geschäftsreise.“
„Sie soll mich doch mal anrufen, wenn sie wieder zurück ist.“
Als Lisa den Hörer auflegte, hatte sie das Gefühl, daß etwas Furchtbares passiert war. Es tat ihr leid, daß sie angerufen hatte, aber sie wußte nicht warum.
Das war am Mittwoch abend. Donnerstag gab es immer noch keine Neuigkeiten. Am Freitag morgen wachte sie auf und wußte, daß sie bei der Polizei anrufen mußte.

7

SAM

Sam schlich sich im Schlafanzug aus dem Zimmer. Adam schlief in dem kleinen Bett, in dem Sam früher geschlafen hatte und dem er entwachsen war. Benni Bär schlief neben Adam auf dem Kissen und unter dem Bett waren Adams Autos geparkt. Sam ging durch das schlafende Haus. Pepo schnüffelte hinter ihm her. Die Tür zum Zimmer seiner Eltern war geschlossen. Seine Mutter mußte eigentlich zu Hause sein, aber er sah trotzdem nach, ob sich ihr kleiner blauer Wagen hinter dem großen seines Vaters befand.

Es hatte während der Nacht geschneit, und es schneite immer noch. Ein feiner Schneeregen. Vor dem Haus, in die verkehrte Richtung geparkt, stand ein Auto. Ein großes, teuer aussehendes Auto. Der Schnee schmolz auf der Kühlerhaube. Die Scheibenwischer bewegten sich.

Wessen Auto war das? Vielleicht war es bei einem Raubüberfall benutzt worden, und die Diebe hatten das Auto gewechselt. War die Mafia beteiligt? Lag auf dem Boden dieses Wagens ein Körper zusammengekrümmt, oder vielleicht im Kofferraum?

Er hatte schon immer eine recht rege Phantasie gehabt. Wenn in der Nacht das Holz knackte, vermutete er eine Explosion. Ein Feuer. Stellte sich vor, wie er aus dem Fenster sprang. Pepo war oben gefangen. Um ihn zu retten, raste er über das brennende Treppengeländer, kämpfte sich durch die Flammen.

Wenn er nachts irgendein anderes Geräusch hörte, stellte er sich vor, wie sich seine Finger um den roten Griff eines Küchenmessers schlossen. Oder er spürte das Messer in seinem Rücken. Er konnte kein Messer in der Hand halten, ohne an abgetrennte Finger zu denken. Schneide eine Karotte, schneide einen Finger ab.

Er haßte es, wenn seine Mutter nachts mit dem Auto unterwegs war, wo die Parkplätze so unsicher waren. Er las eine Menge Kriminialgeschichten, die auf wahren Fällen beruhten. Alle möglichen Psychos, Ausbrecherkönige und Halunken hielten sich auf Parkplätzen auf. Nachts in ein leeres Auto zu steigen, war genauso, wie in einen Tigerkäfig zu gehen. Und Aufzüge sollte man sowieso meiden!

Während ihm seine ganzen Phantasien durch den Kopf gingen, bemerkte er eine Bewegung in dem Auto, etwas mehr als einen Schatten. Da war jemand, etwas, das sich da drinnen bewegte. Vielleicht das Opfer, das gefesselt zurückgelassen worden war und jetzt aus der Bewußlosigkeit erwachte.

Er zog eine Hose über den Schlafanzug an, schlüpfte in die Turnschuhe und ging hinaus. Auf der Stufe rutschte er aus und fiel auf seinen Hintern. Verdammt! Denn als er aufsah, erkannte er seine Cousine Lisa, die auf dem Fahrersitz saß und ihn beobachtete.

Er ging um den Wagen herum zur Beifahrertür und bedeutete Lisa, ihm die Tür zu öffnen. „Hübsches Auto“, sagte er, als er einstieg. Robyn lag auf der Rückbank, in eine Decke gewickelt, aus der nur ihre Nase und ein Auge heraussahen. Lisa trug eine enganliegende schwarze Hose unter einem sehr teuer aussehenden Pelzmantel mit einem roten Muster. Ihr Gesicht war hinter einer Haarsträhne verborgen.

Sam fuhr mit der Hand über das glänzende Armaturenbrett und die Ledersitze. „Luxuriöses Auto.“ Er fühlte sich nicht gerade herzlich willkommen, aber er redete einfach weiter. „Wie lang steht ihr denn schon hier?“

„Wir sind gerade erst gekommen.“

Eine Lüge. Sehr durchsichtig, wenn man ein guter Beobachter war. Es gab keine Reifenspuren im Schnee. Er vermutete, daß das Auto schon seit einigen Stunden da stand. „Wann seid ihr denn von zu Hause losgefahren?“

Sie saß da und tippte mit ihrer behandschuhten Hand ungeduldig auf das Lenkrad. Er konnte nicht anders, er mußte sie bewundern. Sie war so cool, arrogant und eingebildet. Hübsch, wirklich, aber das würde er ihr nie sagen.
„Seit wann hast du denn den Führerschein?“ fragte er.
Darauf folgte ein langes, eindrucksvolles Schweigen, mit einem ebenso eindrucksvollen Schulterzucken am Schluß.
„Wer hat denn was von einem Führerschein gesagt?“
„Heißt das, du hast gar keinen Führerschein?“
„Ist meine Mutter hier?“ fragte sie. „Sie sagte uns, wir würden sie hier treffen.“
„Dann müßtest du es ja wissen“, antwortete er und versuchte, mindestens genauso cool zu reagieren wie sie. „Wenn sie dir gesagt hat, ihr würdet sie hier treffen, dann ist sie auch hier.“
„Ist meine Mutter nun hier oder nicht?“
„Glaubst du nicht, daß ich dir das schon längst gesagt hätte?“
Sam beobachtete die Scheibenwischer. Es waren Scheibenwischer mit Intervallschaltung – sie wischten einmal, dann machten sie Pause, dann wischten sie wieder. „Kaputter Scheibenwischer“, sagte er.
„Was?“
Er deutete darauf. „Dein Scheibenwischer sieht aus, als ob er gleich den Geist aufgäbe.“ Warum redete er bloß über den Scheibenwischer? Wer fragte danach?
„Lisa“, sagte Robyn, „Bist du sicher, daß Mami hier ist? Hat sie wirklich gesagt, daß sie hier wäre?“
Lisa sah ihre Schwester warnend an.
„Was ist, wenn sie nach Hause kommt, und wir sind nicht da?“
„Sei jetzt still.“
„Sie braucht nicht still zu sein“, mischte sich Sam ein. „Wir leben in einem freien Land.“
„Wer spricht denn mit dir?“ Lisa wandte sich zu ihrer Schwester. „Du weißt doch, Käferchen, ich habe eine Nachricht

hinterlassen, auf der steht, daß wir zu Tante Renee gefahren sind und sie uns dort treffen soll."

„Ich dachte, du hast gesagt, deine Mutter hätte euch hierherbestellt. Warum mußt du denn dann eine Nachricht hinterlassen?" Er freute sich darüber, daß er die Dinge so gut unter einen Hut brachte.

Lisas Augen wurden schmal. „Sprich nicht von meiner Mutter."

„Ich kann aber, wenn ich will. Sie ist meine Tante." Es war eigentlich eine blöde Bemerkung. Schlimmer noch, sie klang babyhaft. Warum ging er nur immer in die Verteidigung, wenn er mit seiner Cousine sprach? Er bemerkte, wie Lisa dasaß, die Beine ausgestreckt. „Du siehst entspannt aus", sagte er.

„Was soll das denn heißen?"

Was hatte er damit gemeint? War er zu persönlich geworden? Womöglich anzüglich? Dann, er wußte gar nicht warum, dachte er an Jamie, und stellte sich vor, sie säße da, wo Lisa saß. Sie forderte ihn heraus, sie anzusehen, etwas über ihre Beine zu sagen. Ihm wurde heiß, und er fühlte sich unwohl. Er kam mit Mädchen einfach nicht zurecht. Alles, was er zu ihnen sagte, kam falsch heraus. Aber wenn er gar nichts sagte, war es auch falsch. Was wollten sie eigentlich? Was kümmerte es ihn überhaupt, was sie wollten? Er fuhr mit der Hand über den Türhebel. Steig aus, sagte er sich. Aber konnte er einfach gehen und seine Cousinen hier draußen sitzen lassen? Seine Mutter würde einen Anfall bekommen.

„Kommt doch ins Haus", lud er sie ein.

„Wir warten hier!" sagte Lisa.

Robyn lehnte sich nach vorne und flüsterte ihrer Schwester etwas ins Ohr.

„Du brauchst dir keine Gedanken zu machen, wenn du mal wohin mußt", sagte Sam. „Schließlich gehört ihr zur Familie."

„Kann ich das Auto hier stehen lassen?“ fragte Lisa.
„Wegen mir schon, aber du stehst auf der falschen Seite.“
„Warum hast du das nicht gleich gesagt?“ Sie musterte ihn, als ob sie herausfinden wollte, welche Art von Trottel er sei. Dann startete sie das Auto und parkte es richtig ein.

8

LISA

Noch im gleichen Augenblick, als sie das Haus ihrer Tante betraten, tat es Lisa leid, daß sie gekommen waren. Das Haus roch nach Hund, es war beengend und dunkel, mit niedrigen Decken und zu vielen Möbeln. Lisa dachte an ihr Haus ohne Möbel, das kahle Wohnzimmer. Aber selbst leer war ihr Haus wunderschön. Vielleicht sogar noch schöner, wenn die großen Fenster den Himmel einrahmten und die alte Eiche draußen Wache stand.

Eine Polizistin war gestern gekommen. Mißtrauisch hatte sie die leeren Zimmer gemustert, während sie ihren Bericht schrieb. Sie hatte wissen wollen, ob es zu Hause Probleme gegeben hatte, ob ihre Mutter Alkoholikerin oder drogensüchtig war. Was war mit Freunden?

„Wir werden die Beschreibung eurer Mutter im ganzen nördöstlichen Sektor durchgeben", sagte sie. „Wenn eure Mutter innerhalb der nächsten Woche nicht wieder auftaucht, wird sich das Jugendamt um euch kümmern."

Zuerst hatte sie gedacht, der Entschluß, hierher zu kommen, sei eine gute Idee gewesen, obwohl er eine weitere Lüge nötig gemacht hatte. „Mama hat angerufen und gesagt, sie trifft uns bei Tante Renee", hatte sie Robyn erzählt. Es war gut, etwas Bestimmtes sagen zu können. Gut, wohin zu gehen. Gut, wenigstens etwas zu unternehmen.

Jetzt spielte ihr verrückter Cousin Gastgeber, riß Schränke auf und zog Schachteln mit Cornflakes und Ähnlichem heraus. Die Schränke waren so voll, daß er die Schachteln ganz vorsichtig herausholen mußte, um nicht alles andere mit herauszuziehen. „Hast du Hunger?" fragte er Robyn. Er schien es aufgegeben zu haben, Lisa anzusprechen. Dafür war sie

dankbar. „Wir haben alles“, sagte er. „Cornflakes, Rice Crispies, Smacks und Corn Pops. Willkommen in Greenes Supermarkt. Was möchtest du, Robyn? Wie wäre es mit Rice Crispies und Bananen? Das ist doch geradezu ein Klassiker.“
„Könnte ich vielleicht nur Graham Cracker und Milch haben?“ bat Robyn.
„Du hast dir einen anderen Klassiker ausgesucht, Robyn. Was ist mit deiner Schwester? Schauen wir mal, ob sie auch mit einem Klassiker kommt.“
Oh, Klasse, wirklich. Hatte sie denn überhaupt Hunger? Wann hatte sie zum letzten Mal gegessen? Sie könnte am Verhungern sein und es nicht einmal merken. Das leere, ausgehöhlte Gefühl in ihrem Innern – war das Hunger? Oder Furcht? „Ich weiß, daß Essen in deinem Leben eine ziemlich wichtige Rolle spielt, aber mich interessiert es nicht so sehr.“
Er stellte seine Schüssel ab. (Welch ein Opfer!) „Rede ich so viel über Essen?“ Sie hatte ihn tatsächlich getroffen. Es stand ihm ins Gesicht geschrieben. Er sah verletzt aus und zog seinen Gürtel enger. „Du siehst es vielleicht noch nicht, aber ich bin auf Diät.“
„Ich setze mich ins Auto“, sagte sie. „Kommst du auch, Robyn?“
„Wenn ich nichts esse, kriege ich ganz schlechte Laune.“
„Nimm etwas mit. Wir können im Auto auf Tante Renee warten.“
„Da könnt ihr aber lange warten“, sagte Sam. „Meine Eltern stehen am Samstag nicht besonders früh auf.“
Mußte er ihr das erzählen? Wie kam er denn darauf, daß sie sich dafür interessierte? Sie ging ins nächste Zimmer. Es war dunkel und sie stolperte sofort über einen Tisch. „Scheiße“, zischte sie atemlos.
„Was hast du gesagt?“ fragte Sam von der anderen Seite des Zimmers. Er hatte Ohren wie eine Fledermaus.
Sie setzte sich auf die Sofalehne, wo es ziemlich unbequem war, und wickelte ihren Mantel um sich. Sie hätten zu Hause

bleiben sollen. Alles, was sie denken konnte, war, daß in dem Moment, als sie fortgefahren waren, vielleicht ihre Mutter das Haus betreten hatte. Oder vielleicht kam sie jetzt gerade. In diesem Augenblick!
Im Flur gab es ein Wandtelefon, mit einem langen, verdrehten Kabel. Lisa wählte, dann hielt sie das Telefon am Kabel nach unten hängend und ließ das Kabel sich ausdrehen. Sie hörte es tuten, dann schaltete sich der Anrufbeantworter ein, und die Stimme ihres Vaters sagte: „Hallo, hier spricht Jim. Ich kann jetzt gerade nicht ans Telefon kommen, aber…"
Das kam völlig unerwartet. Es war völlig verrückt und verwirrend und brachte sie aus dem Gleichgewicht. Es war, als ob sie einen Aufzug hätte betreten wollen, und es gab gar keinen. Warum war denn nur der Anrufbeantworter noch nicht geändert worden? Fast vier Monate waren vergangen, seit ihr Vater gestorben war. Wie konnte ihre Mutter seine Nachricht auf dem Anrufbeantworter lassen? Und wie kam es, daß sie selbst, Lisa, das noch nie bemerkt hatte?
„Also, Jungs und Mädels…" Ihr Vater sprach immer noch. „Ich bin augenblicklich verhindert, aber hinterlaßt doch bitte eure Nummer…"
Sie legte den Hörer auf.
Die Stimme ihres Vaters, seine jungenhafte, freundliche Stimme. Er hatte auch andere Stimmen. Eine verständnisvolle Geschäftsstimme, eine andere, die er für ihre Mutter reserviert hatte, und eine besondere Stimme, die nur für Lisa bestimmt war: seine Kameradenstimme, seine „Lisa, laß-uns-was-Verrücktes-anstellen-Stimme". Sie beide mochten schnelle Autos und Boote. „Soll ich es jetzt mal laufen lassen?" hatte er immer gesagt, wenn die Autobahn vor ihnen frei war. Lisa hatte dann nur die geballte Faust nach vorne geworfen und geschrien: „Los!" Dann rasten sie wie wild und mit lautem Geschrei und Hallo die Autobahn entlang.

Er geriet nie in eine Geschwindigkeitskontrolle, sie hatten nie irgendein Problem, wenn sie zusammen waren. Er nannte Lisa immer seinen Talismann.
Nichts konnte ihm passieren, wenn sie beide zusammen waren. Wenn sie nur mit ihm im Flugzeug gesessen hätte...
„Was machst du denn hier so im Dunkeln?“ Mr. Hilfsbereit war wieder zurück. „Willst du nicht deinen Mantel ablegen?“ Er drehte das Licht an, und schaltete den Fernseher ein. Dann kamen Adam und der Hund von oben herunter und pflanzten sich davor. Robyn sah mit ihnen fern.
Lisa versank in ihrem Mantel und wünschte sich Ruhe, wünschte sich woanders hin. Sie schloß ihre Augen und wünschte sich aufs Land, sah sich und ihren Vater in dem roten Kabrio, wie sie Flüsse und Kornfelder entlang fuhren, an silbernen Silos und ausgedehnten, niedrigen Scheunen vorbei. Und dann sah sie ein Auto auf der Straßenseite, und eine Frau...
Eine Autotür schlug zu, sie hörte Schritte auf der Außentreppe. Sie sprang auf und rannte in den Flur, aber es war niemand da. Nur die zusammengefaltete Zeitung lag neben der Haustür.

Lisa stand am Fenster und sah auf die graue, verschneite Straße, als ihre Tante herunter kam. „Was macht ihr Mädchen denn hier? Kommt mit in die Küche. Wo ist eure Mutter?“
„Sie ist in Springfield, Massachusetts.“
„Wann hat sie sich mit euch in Verbindung gesetzt?“
„Vor ein paar Tagen“, schwindelte Lisa. Sie war sicher, daß ihre Tante die Lüge durchschaute.
Ihre Tante goß sich eine Tasse Kaffee ein und setzte sich. „Du hast mich am Montag abend angerufen.“ Sie zählte an ihren Fingern ab. „Fünf Nächte ist sie schon weg.“
„Ich habe nicht nachgezählt“, sagte Lisa. Die fünf Finger ihrer Tante erschreckten sie. „Mama meinte, du würdest es

sicher verstehen, daß sie ein bißchen länger wegbleiben müsse und wir zu euch kämen.“ Sam hörte von der Tür aus zu. Lisa hob ihr Kinn, er sollte sich bloß trauen, etwas zu sagen.

„Ich bin froh, daß ihr hier seid“, sagte Tante Renee. „Wann sehen wir euch denn schon? Aber meine Schwester hätte mich selbst anrufen sollen.“

„Das wollte sie auch“, schwindelte Lisa. „Aber alles ging so schnell. Sie mußte ihren Zug noch bekommen.“ Lisa war atemlos. Unter dem Tisch knetete sie ihre Hände. Eigentlich hatte sie Tante Renee alles erzählen wollen, aber irgendwie kam es dann so heraus. „Können wir heute hierbleiben, Tante Renee?“

„Heute, morgen... Mein Liebes, ihr könnt für immer hierbleiben, wenn ihr wollt.“

9

SAM

„Also", sagte Sams Mutter später, „jetzt müssen wir uns langsam mal Gedanken machen, wie wir heute nacht die Schlafplätze verteilen." Sam spielte gerade mit Robyn Schach. Sie saß über das Brett gebeugt da und preßte das weiße Pferd nachdenklich an die Lippen.
„Warte mal", sagte Sam. „Ich hab mir alles schon genau überlegt, Mama." Aber erst mußte er noch auf das Brett schauen, denn Robyn hatte ihn eingekreist. Er versuchte, sich zu konzentrieren, aber seine Gedanken waren nicht bei dem Spiel. Er dachte an Lisa, die spazieren gegangen war. Wie gern wäre er mitgegangen, aber als er es vorschlug, schien sie ihn gar nicht zu hören. Er machte einen Zug mit dem schwarzen Läufer. „Du bist dran", sagte er zu Robyn, und zu seiner Mutter: „Mama, paß auf, wir machen es so: Robyn und Lisa können mein Zimmer haben. Adam schläft bei euch, und ich auf der Veranda."
„Da draußen ist keine Heizung."
„Aber die Veranda ist gut abgedichtet."
„Du kannst nicht da draußen schlafen. Niemand kann da im Winter schlafen. Da kann man gerade noch Papier stapeln und Kartoffeln lagern."
Das alte Sofa stand dort „Ich nehme meinen Schlafsack. Das ist eine gute Übung für meine Fahrradtour, wo wir auch draußen schlafen wollen." Er nickte Robyn zu. Er war in großartiger Stimmung. Es gefiel ihm, seine Cousinen im Haus zu haben. Er liebte Gesellschaft. Wann hatten jemals Mädchen bei ihm im Haus übernachtet?
Als Lisa zurückkam, sagte er: „Du schläfst heute nacht in meinem Zimmer." Ihm fiel auf, was er gerade gesagt hatte,

doch er machte es nur noch schlimmer, indem er hinzufügte: „Mach dir keine Sorgen, du mußt nicht mit mir schlafen."
„Das wäre meine letzte Sorge", sagte sie. „Wir schlafen im Auto, Tante Renee."
„Im Auto!" rief seine Mutter. „Da wäre meine Schwester sicher begeistert! Sie schickt mir ihre Mädchen zu Besuch, und ich lasse sie im Auto schlafen. Das müßte ich mir mein Leben lang anhören."
„Tante Renee", sagte Robyn, während sie den weißen Läufer über das Brett schob. „Lisa und mir macht es wirklich nichts aus. Wir schlafen gerne im Auto. Ich schlafe hinten und Lisa vorne." Sam versetzte einen schwarzen Bauern, um die Königin zu schützen. Robyn machte einen Zug mit dem weißen Pferd. „Schach!" sagte sie.
„Kluges Kind!" lobte Sam und schielte nach Lisa, um zu sehen, ob sie das billigte.
„Es ist alles beschlossen", sagte seine Mutter. „Sam und Adam werden bei uns schlafen, und ihr Mädchen könnt deren Zimmer haben."
„Ich schlafe nicht bei dir, Mama." Er wollte nicht, daß Lisa dachte, seine Mutter könne ihm Befehle erteilen. „Ich hab dir schon gesagt, daß ich auf der Veranda schlafe."
„Du willst wohl zum Eiszapfen werden? Also bitte, sei ein Held. Aber komm nicht mitten in der Nacht in mein Bett gerannt."
Er und Robyn begannen ein neues Spiel. Er machte den ersten Zug. „Willst du wirklich draußen schlafen?" fragte sie. „Wenn Mami mein Fenster nachts öffnet, ziehe ich mir die Decke über den Kopf."
„Ich halte meinen Kopf aus dem Fenster", sagte Sam. „Frische Luft tut gut." Er streckte die Brust raus. „Sie erweitert die Lungen und macht so einen großen Brustkorb." Er merkte zu spät, daß er wahrscheinlich wieder etwas gesagt hatte, was Lisa ärgerte.

Es war kalt auf der hinteren Veranda. Wahrscheinlich die kälteste Nacht des Winters. Vielleicht sogar der ganzen Geschichte. Die Fenster waren mit großen, zusammenhängenden Mustern aus Eis überzogen. Sam lag in voller Bekleidung im Schlafsack, zusammengekrümmt, die Hände zwischen den Knien, den Kopf unter der Decke versteckt. Er holte den Teppich vom Boden und legte ihn oben drauf. Unter dem ganzen Gewicht begraben, schlief er schließlich ein.
Früh am Morgen erwachte er. Über ihm wurden gerade die langen niedrigen Holzbalken der Decke sichtbar. Er streckte seine Zehen zum Ende des Sofas aus. Sein Zimmer, wo Lisa jetzt schlief, lag fast direkt über ihm. War sie auch schon wach? Woran dachte sie? Dachte sie an ihn? Streckte sie sich genauso aus wie er, fühlte sie nach dem Bettende, so gut sie konnte? Er tat das jeden Morgen. So prüfte er, ob er während der Nacht gewachsen war. Er mußte jede Nacht nur den Bruchteil eines Zentimeters wachsen. So kam er auch zum Ziel.
Wuchsen Mädchen genauso wie Jungen? Viele Mädchen in seiner Klasse waren so groß wie er, oder sogar noch größer. Debby DeVito zum Beispiel. Jeden Tag merkte er, wie er größer wurde. Das war Biologie. Jungen wurden größer. Mädchen wurden runder und breiter. Er dachte an Brüste und Hüften. Mädchen wurden weich und rund. Jungen wurden hart und muskulös.
Er zwickte sich in den Fettring um seine Taille. Er war absolut auf Diät. Null Kalorien heute. Er würde den ganzen Tag nur Wasser trinken. Nächste Woche gab es überhaupt kein Mittagessen mehr. Er würde das Geld dafür in seine Reisesparbüchse stecken. Er spannte die Muskeln an, machte den Rücken rund, und versuchte anschließend, eine Brücke zu machen.
Er hörte, wie die Heizung anlief und sich wieder abschaltete. Er stellte sich eine Explosion vor. Feuer. Lisa war oben gefangen. Er rannte die brennende Treppe hinauf, um sie zu

retten. Dann trug er sie auf dem Rücken hinunter. Das konnte er. Er hatte viel Kraft. Er würde sie sicher durch die Flammen tragen, auf Feuerwehr-Art über die Schulter, die Arme um ihre bloßen Beine gelegt.

10

LISA

Lisa sah aus dem Fenster. Sam war draußen, Schnee räumen. Er trug nur ein Flanellhemd. Keine Jacke, keine Handschuhe, keine Mütze. Rote Ohren wie die Henkel eines Topfes. Das stetige Kratzen – Pause – Kratzen der Schippe dauerte nun schon fast eine Stunde an. Er war nicht gerade leise, aber wer war das schon in dieser Familie? Kratzen. Pause. Kratzen. Pause. Kratzen... Es fuhr ihr eiskalt den Rücken hinunter. Er schaufelte einen Pfad um ihr Auto herum und räumte auch den Schnee von der Windschutzscheibe ab. Er blickte auf, sah sie und winkte. Sie ließ den Vorhang wieder fallen.

Das Modell eines Raumschiffes, das von der Decke herunter hing, drehte sich leicht hin und her. Ihre Augen wanderten zu den Postern an der Wand. Eine Sternenkarte mit allen Konstellationen, und eine andere, die die Erde vom Mond aus zeigte. Sie sah darauf aus wie eine schöne große, blaue, grüne und weiße Kugel. Das Weiße waren die Wolken, und sie mußte immer daran denken, daß sich irgendwo unter diesen Wolken ihre Mutter befand. Wenn sie nur die Erde in ihren Händen halten könnte, sie darin hin und herrollen, um jeden Teil davon zu sehen, dann würde sie ihre Mutter finden. Sie würde hinunterlangen, sie aufnehmen und festhalten.

Lisa stand auf und ging ins Badezimmer. Sam war im Flur. War er denn überall? „Wie hast du denn in meinem Zimmer geschlafen?" fragte er. Er konnte nie an ihr vorbeigehen, ohne etwas zu sagen. „Auf der Veranda hat es gefroren."

„Ja", sagte sie, und schloß die Badezimmertür. „Aber du bist ja so hart im Nehmen."

Sie lehnte sich gegen das Waschbecken. Sah in den Spiegel. Diese verdammten Augenbrauen! Sie haßte es, wie sie in der Mitte zusammenwuchsen. Sie hatte alle Härchen ausgezupft, doch es wuchsen immer neue nach. Waren sie auch schon dagewesen, als sie mit Andrew gesprochen hatte? Sie begann zu zupfen, dann hörte sie wieder auf. Warum runzelte sie die Stirn? Negativer Gesichtsausdruck führt zu einer negativen Stimmung. Lächle, sagte sie sich. Sei positiv. Du mußt positiv aussehen. Mama wird heute anrufen, ganz bestimmt wird sie heute anrufen.

In ihrer Erinnerung war es jetzt Sonntag morgen in ihrem Haus. Wie still alles war. Sie vier zusammen. Ihre Mutter war bereits unten. Sie hatte ihre morgendliche Lieblingsmusik aufgelegt, Vivaldis „Vier Jahreszeiten", und trat mit ihrer Tasse Tee in den Garten.

Lag Robyn im Bett und las? Oder saß sie unten am Tisch und las? Nein, sie folgte ihrer Mutter hinaus und tanzte im Gras.

Ihr Vater arbeitete sonntags. Er saß an seinem Schreibtisch im ersten Stock. Ihre Mutter hatte seinen Schreibtisch vor das große Fenster gestellt, das genau auf die Eiche hinaussah. Ein Eichhörnchen saß im Baum und schnatterte zu ihm hin.

Und wo war Lisa? Wo sollte sie sich selbst plazieren? Sie war zur Hälfte bei jedem von ihnen, war sich jeder einzelnen Person bewußt. Ihre andere Hälfte hörte auf die Musik, die durch die Blätter der Bäume herüberklang. Was für ein herrlicher Tag das war. Sie brachte sich zum Lächeln. Sie brachte sich fast zum Weinen.

Onkel Steve stand am Herd. Er trug eine blaue Schürze über einer Turnhose, die er wiederum über einer grauen Jogginghose anhatte. „Wer möchte die erste Portion?"

„Ich, ich, ich", rief Adam.

 „Du mußt noch warten, du kleiner Vielfraß. Lisa und Ro-

byn sind unsere Gäste." Er gab einen Pfannkuchen auf Robyns Teller.
Adam warf sich auf den Boden. „Ich will Pfannkuchen!"
Robyn wollte ihren teilen, aber Onkel Steve erlaubte es nicht.
„Raus mir dir", schrie er Adam an und schob ihn mit dem Fuß in Richtung Tür. „Raus, bis du gelernt hast, wie man sich benimmt."
„Ein sonntägliches Frühstück mit der idealen Familie", sagte Sam.
Adam kam zurück und kroch mit Pepo unter den Tisch. Sam reichte ihm einen Pfannkuchen hinunter. Adam teilte ihn mit dem Hund und kletterte dann zurück auf seinen Stuhl. Niemand verlor auch nur ein Wort darüber.
Tante Renee kam von oben herunter und ließ sich auf einen Stuhl neben Lisa fallen. „Wo ist mein Kaffee? Gieß mir doch bitte etwas ein, Steve. Heute ist angeblich mein freier Tag." Sie stieß Lisa an. „So nennt sich das jedenfalls. Wie geht es dir, Schätzchen? Wie hast du geschlafen?"
Onkel Steve stand mit einem Stapel Pfannkuchen da.
„Wohin möchtest du die denn haben?" fragte er seine Frau.
„Was glaubst du wohl, wohin ich sie haben möchte, auf meinen Kopf vielleicht?"
„Möchest du auch etwas Marmelade auf deinen Kopf?"
Tante Renee wandte sich wieder zu Lisa. „Geht es bei euch zu Hause auch so zu?"
„Wir gehen sonntags oft zum Brunch."
„Ich erinnere mich noch daran, wie gerne deine Mutter immer gekocht hat."
Lisa wurde ganz steif. Sie wollte nicht, daß ihre Tante irgend etwas über ihre Mutter sagte.
„Deine Mutter ließ sich aber auch immer gerne bedienen", fuhr ihre Tante fort, „und als wir noch kleiner waren, tat eure Großmutter das ausgiebigst. Sie machte sich ständig Sorgen, daß Nancy nicht genug aß. Mit mir war das ganz anders. Ich aß."

„Das glaube ich gerne, Renee“, sagte Onkel Steve.
„Das möchte ich überhört haben ... Lisa, erwartest du heute einen Anruf deiner Mutter?“
Lisa nickte.
Sie hatte diesen Morgen bereits zu Hause angerufen, aber als sie das Klicken des Anrufbeantworters hörte, legte sie wieder auf.
„Hast du gewußt, daß ich deine Eltern miteinander bekannt gemacht habe?“ sagte ihre Tante.
Oh, tatsächlich! Bisher hatte Lisa etwas anderes gehört. Ihre Mutter hatte ihr unzählige Male erzählt, wie sie und Papa sich auf dem College kennengelernt hatten. Papa hatte in Biologie direkt hinter ihr gesessen und sie immer darum gebeten, daß sie ihren Arm zur Seite nahm, damit er von ihr abschreiben konnte.
„Deine Mutter war so schüchtern, daß sie kaum mit Jungs sprach“, fuhr Tante Renee fort. „Sie war die hübschere von uns beiden, doch ich war viel selbstbewußter.“ Sie drehte sich zu Onkel Steve, der gerade gehen wollte. „Nimm bloß nicht meine Autoschlüssel!“
„Du weißt doch, daß mein Auto in der Werkstatt ist. Wie soll ich denn zu meinem Spiel kommen?“
„Ruf einen deiner Freunde an“, sagte Tante Renee. „Ich muß später noch einkaufen gehen.“
„Am Sonntag?“
„Sonntag, Montag, was macht das für einen Unterschied? Bei Hills ist gerade Ausverkauf. Sam braucht Unterwäsche, du brauchst Arbeitshosen, die Jungen brauchen beide Socken. Und ich brauche jetzt mehr Lebensmittel, solange Lisa und Robyn hier sind.“
„Wir wollten gerade gehen, Tante Renee.“ Lisa stand auf. Vielleicht sollten sie sofort gehen. „Es war wirklich nett von dir ...“ Sie wollte nicht zu unhöflich klingen. Aber ihre Tante und ihr Onkel hörten nicht zu. Sie waren zu sehr damit beschäftigt, aufeinander herumzuhacken.

„Dann bring mich hin, Renee", sagte Onkel Steve. „Später kannst du mich dann wieder abholen."
„Glaubst du vielleicht, ich habe nichts anderes zu tun?"
„Warum nimmst du nicht Lisas Auto, Papa?" schlug Sam vor.
Lisa hätte ihn am liebsten geohrfeigt.
„Das ist ja die Idee", sagte ihr Onkel. „Gib mir die Schlüssel rüber, Kindchen."
„Tut mir leid, Onkel Steve", Lisa sah sich nach den Schlüsseln um. Sie fühlte Panik in sich aufsteigen. Sie wollte nicht ohne Auto sein. „Wir müssen nach Hause."
„Nach Hause!" sagte Tante Renee. „Ihr bleibt so lange hier, bis eure Mutter angerufen hat."
Also gab Lisa die Schlüssel her. Was hätte sie sonst tun können?

„Fährst du mich oder nicht?" fragte Robyn.
„Ich kann nicht." Es war Dienstag. Ihr Onkel hatte immer noch das Auto. Er hatte die Schlüssel nie zurückgegeben, und Lisa konnte auch nicht darum bitten, ohne undankbar zu wirken.
„Wie kommen wir denn dann hin? Wenn wir mit dem Bus fahren, müssen wir jetzt gleich los." Robyns Fäuste waren geballt. Sie hatte eine Rolle im Weihnachtsspiel ihrer Schule, das an diesem Abend aufgeführt wurde, und war Lisa schon den ganzen Tag damit auf die Nerven gefallen.
Lisa wußte nicht, was sie tun sollte. Sollte sie auf ihren Onkel warten? Oder auf ihre Tante? Anstelle Robyn eine klare Antwort zu geben, vertröstete Lisa sie ständig. „Später ... nicht jetzt ... drängle mich nicht."
„Dann geh ich eben allein. Ich werde per Anhalter fahren und umgebracht werden", sagte Robyn.
„Das klingt ja wirklich sehr erwachsen." Lisa wußte, daß sie selbst kindisch war, aber es machte sie nervös und gereizt, im

Haus ihrer Tante zu wohnen. Sie versäumte die Schule. Nicht daß ihr das etwas ausgemacht hätte. Was bedeutete im Augenblick schon die Schule? Alles, an was sie denken konnte, waren ihre Mutter und das Telefon, das Telefon und ihre Mutter. Gestern war sie nach Hause gegangen, um für sich und Robyn Kleider zu holen. Sie hatte den Anrufbeantworter abgehört und gehofft, ihre Mutter hätte angerufen. Auf dem Band waren etliche Anrufe von der Bank und eine Nachricht von Vince Gault, über die sie sich geärgert hatte.
Warum rief er an? Er hatte bei ihr schon immer ein unangenehmes Gefühl ausgelöst. Es war etwas an ihm, an seinen Augen. Er war so aufmerksam, zu aufmerksam. Ihr gefiel auch die Aufmerksamkeit nicht, die er ihrer Mutter entgegenbrachte. Ihre Mutter hatte gesagt, es sei geschäftlich, aber was Lisa in seinen Augen sah, hatte mit Geschäften nichts zu tun.
„Ich gehe jetzt." Robyn griff nach ihrer Jacke und ging zur Tür. Pepo saß da, er wartete darauf, hinausgelassen zu werden.
„Untersteh dich!"
Robyn zögerte. „Na gut, aber wenn Tante Renee nach Hause kommt, bitte ich sie, mich hinzubringen."
„Du bittest sie um gar nichts. Wenn ich sage, ich bringe dich hin, dann bringe ich dich auch hin."
„Was ist denn hier los?" Sam kam aus der Küche. Er mampfte etwas widerliches Grünes. „Warum schreit ihr so?" Als ob er der ruhigste Mensch auf Gottes Erdboden sei.
„Ich muß jetzt zum Weihnachtsspiel in die Schule gehen, und Lisa will mich nicht hinbringen", sagte Robyn.
„Kein Problem", sagte Sam. „Ich bring dich hin."
„Wirklich?"
„Klar. Merlin, der große Magier schwenkt nur seinen Zauberstab." Er nahm seine Jacke. „Komm, Robyn Hood, gehen wir." Schon waren sie draußen.
Einen Augenblick lang saß Lisa mit Pepo auf der Treppe. Verdammt! Es war schließlich ihre Schwester! Sam tat so, als ob

sie sich nicht um ihre eigene Schwester kümmerte! Sie brachte Robyn hin, nicht er! Schnell nahm sie ihre Jacke und rannte ihnen nach.
Vor den Türen der Aula kamen und gingen die Leute. Sie zogen ihre Mäntel aus und begrüßten einander. Robyn war geradewegs in Mrs. Coopers Zimmer gerannt, wo einige Mütter sich angeboten hatten, den Kindern bei ihren Kostümen zu helfen. Lisa hatte nichts zu tun. Sie sah einige vertraute Gesichter, aber sie sprach mit niemandem.
Dann sah sie Andrew. Er stand bei einem großen Mädchen und sah Lisa nicht. Das Mädchen konnte seine Schwester sein. Sie hatte wie er lange Beine und Arme. Lisa sah zu ihm hin und hoffte, er würde sie bemerken und zu ihr kommen. Hoffte, er würde sagen: ‚Was machst du denn hier?' Und sie würde antworten: ‚Robyn spielt beim Weihnachtsspiel mit.' Dann würde er sie seiner Schwester vorstellen und vorschlagen, daß sie doch nebeneinander sitzen könnten.
„Sag mal, Lisa." Sams Stimme tönte in ihr Ohr. „Kennst du hier irgend jemand?"
„Nein", antwortete sie. „Außer ihm." Sie deutete auf Andrew. „Ihn kenne ich."
„Ist er dein Freund?"
„Sei doch nicht dauernd so albern. Er ist Robyns Tennislehrer."
Sie setzten sich in die erste Reihe. Lisa hätte sich lieber etwas nach hinten gesetzt, aber Sam hatte darauf bestanden. „So kann Robyn sehen, wie wir ihr Beifall klatschen."
Lisa sah ständig zur Tür. Es kamen immer noch Leute herein.
„Von der Seite siehst du viel älter aus", sagte Sam.
Älter? Sie fühlte sich älter. Sie drehte sich wieder und wieder um. Die Türen waren jetzt geschlossen. Kam niemand mehr? Sie war unruhig, als ob etwas geschehen würde, geschehen mußte.
„Weißt du was", sagte Sam und störte sie in ihren Gedanken

auf. „Ich habe das Gefühl, daß Tante Nancy heute abend hierher kommt."
Es war genau das, was auch sie gedacht hatte. Wie konnte ihre Mutter nicht kommen? Wie konnte sie Robyns Spiel versäumen? Aber sobald Sam es ausgesprochen hatte, wußte sie, daß ihre Mutter nicht kommen würde.

11

SAM

In der Cafeteria stellte Jamie sich hinter Sam in die Schlange und lehnte sich leicht an ihn. Ihr Atem roch nach Zimtkaugummi und er spürte ihn an seinem Ohr. „O Sam", sagte sie. „Ich habe schon überall nach dir gesucht."

„Was willst du denn?"

„Dich, mein Schatz. Ich wollte dir schöne Ferien wünschen. Wirst du mich vermissen?"

Sam schwieg.

„Sag gar nichts. Ich weiß, was du fühlst. Treffen wir uns nach der Schule? Es ist deine letzte Chance vor den Ferien."

Er wartete.

„Was ist denn los, magst du keine Mädchen? Oder liegt es an mir? Warum sagst du nicht, daß du mich nicht magst, und damit basta?"

„Das ist es nicht", antwortete er.

„Nein? Was ist es dann? Bin ich dir zu dick?" Sie bohrte ihren Finger in seinen Bauch. „Du bist schließlich auch nicht gerade der Dünnste."

Das reichte! Er war völlig fertig. Er nahm seine zwei Gläser Wasser und raste an der Schlange vorbei. Keine Pizza und kein Eis reizten ihn mehr. Er hielt nicht einmal mehr an, um sich eine Milch zu nehmen.

Sam war im Wohnzimmer, er lag auf dem Teppich und las in einem Buch, das er an seine aufgestellten Beine gelehnt hatte. Er hörte Pepos eindringliches Bellen. Es war der erste Ferientag, und er faulenzte.

„Warum bellt er denn?" rief seine Mutter aus dem anderen Zimmer.

Sam blickte aus dem Fenster und sah einen Mann in einer Lederjacke, der um Lisas Auto herumging. Einen Augenblick später stieg er ein. Sam klopfte an das Fenster. „Heh!“ Der Mann fuhr weg. Es hatte über Nacht geschneit, und dort wo das Auto gestanden hatte, war ein langer, trockener Fleck.

„Mama“, schrie er. „Lisas Auto ist gestohlen worden! Papa!“ Er sah seine Cousinen im Flur. „Lisa! Jemand hat dein Auto gestohlen.“ Sein Vater kam barfüßig die Treppe heruntergeeilt.

„Dein Auto ist weg, Lisa“, sagte Sam. „Mama, ruf die Polizei.“

„Oh, nein!“ Lisa eilte an ihm vorbei. „Onkel Steve, bitte nicht. Warte, Tante Renee, ruf nicht die Polizei. Ich weiß, was passiert ist.“

12

LISA

„Das Auto ist zurückgeholt worden“, sagte Lisa. „Die Bank. Es muß jemand von der Bank gewesen sein.“

„Zurückgeholt worden?“ fragte Tante Renee. „Du meinst, ihr habt die Raten nicht mehr bezahlt?“

„Wir konnten es nicht. Wir hatten kein Geld mehr.“

Ihre Cousins, ihre Tante und ihr Onkel drängten sich im Flur um sie. Sie umkreisten sie entsetzt und schnappten wie gierige Möwen nach jedem Stückchen Information. Jim und Nancy hatten so ein herrliches Leben geführt! Das hatten sie immer gedacht. So privilegiert! Sie hatten so viel gehabt. So viele herrliche Dinge.

Lisa erzählte ihnen von den Mahnungen und den Anrufen der Kreditagenturen. Und von dem Tag, an dem der Lastwagen vorgefahren war und die ganzen Möbel mitgenommen hatte. Es war irgendwie eine düstere Befriedigung für sie, ihnen von all dem Schrecklichen zu erzählen, das ihnen widerfahren war. Die Bank hatte sich alles geholt. Das Boot, das andere Auto, selbst die Bar neben dem Swimmingpool. Sie glaubte, daß ihnen das Haus noch gehörte, aber sie war sich nicht sicher.

„Wie konnten sie euch eure ganzen Möbel wegnehmen?“ fragte Sam. „Wo solltet ihr denn schlafen?“

Lisa schloß die Augen. Sie verstand es ja auch nicht, obwohl sie eigentlich die Antwort kannte. Ihr Vater hatte nie für etwas bezahlt. „Es war die Art, wie er Geschäfte machte“, sagte sie immer nur. Alles wurde aufgeschoben, alles auf Kredit gekauft, immer wurde mit dem Geld das nächste Projekt finanziert, das Geld sollte in Bewegung bleiben. Robyn hatte sich weggesetzt, oben auf die Treppe. Die Arme um Pepo gelegt, sagte sie gar nichts. Mädchen und Hund, wie ein Bild. Onkel Steve und Tante Renee fragten weiter, schienen nichts zu verstehen. Sie mußte es ihnen alles immer wieder erklären. Ihr Vater war kein Betrüger oder Hochstapler! Das war eben die Art gewesen, wie er Geschäfte machte. Sie suchte nach den Worten, die er immer benutzte. Das Kapital muß arbeiten. Man benutzt nie sein eigenes Geld. Man steckt nie sein ganzes Vermögen in ein einziges Projekt. Du leihst dir Geld und verleihst es.

„Wie konnte er sich nur so verschulden?" sagte Onkel Steve. „Wofür brauchte er die großen Autos? Und dieses Boot?"

Was sollte Lisa darauf sagen? So hatten sie eben gelebt. Und bevor ihr Vater starb, war alles in Ordnung gewesen. Ihre Tante und ihr Onkel taten gerade so, als ob ihre Eltern ein schmarotzerhaftes, verschwenderisches Leben geführt hätten. „Ihr braucht euch um uns keine Sorgen zu machen", sagte sie. „Uns geht es gut, Onkel Steve."

„Und wo ist denn nun Nancy?" fragte Onkel Steve. „Du sagst immer, sie ist geschäftlich unterwegs, aber wo genau ist sie denn? Für mich hört es sich nicht mehr unbedingt nach Geschäften an."

Lisa begann, die Einkaufszentren aufzuführen. Eines war in Springfield, das andere in Portland, das dritte in New Hampshire. Sie hörte sich selbst stottern. „Da ist viel Geld in diesen Einkaufszentren gebunden. Uns geht es wieder gut, sobald wir es dort herausziehen können. Es dauert nur ein bißchen, bis wir das Geld bekommen. Mama ist darüber im Gespräch mit den Rechtsanwälten." Stimmte das? Sie wußte nicht mehr, was stimmte. „Mama bringt alles in Ordnung. Sie müßte jeden Tag zurückkommen."

Lisa setzte sich auf die Treppe und legte ihren Kopf auf die Knie. Onkel Steve setzte sich neben sie. „Wann hast du das letzte Mal mit deiner Mutter gesprochen?"

Lisa fühlte sich ausgehöhlt. „Vor einer Woche."

„Ich glaube, es sind zehn Tage", sagte Sam.

Lisas rechtes Augenlid begann zu zucken. „Dann eben zehn Tage."
„Sie hat dir gesagt, daß sie verreisen muß?"
Lisa schüttelte den Kopf. „Nein."
„Aber sie hat dich angerufen?"
„Nein."
„Nicht, seit sie weggegangen ist?"
„Nein."
„Und woher weißt du, wo sie ist?"
„Ich weiß es nicht." Sie fühlte sich leer. Gefühllos. Sprachlos. Was konnte sie sagen? Sie fühlte sich scheußlich. Und doch erleichtert. Sollten sich jetzt andere über ihre Mutter den Kopf zerbrechen.
Onkel Steve bestand darauf, die Polizei anzurufen, obwohl Lisa ihm sagte, daß sie das bereits getan hätte. Als Tante Renee bewußt wurde, daß Lisa ihre Mutter bereits als vermißt gemeldet hatte, bekam sie einen Wutanfall. „Für was hältst du mich eigentlich", rief sie. „Mir dieses Lügenmärchen aufzutischen, und die ganze Zeit wird deine Mutter bereits von der Polizei gesucht."
Diesmal kam ein Polizist zu ihnen, aber er stellte die gleichen Fragen wie die Polizistin sie Lisa gestellt hatte. Alles wurde Punkt für Punkt festgehalten. Er nahm ein Formular aus einem schwarzen Aktenkoffer. Name? Alter? Wie mit Lisa verwandt? Beschreibung? Größe? Gewicht? Haarfarbe. Irgendwelche besonderen Kennzeichen, Narben, Tätowierungen?
„Meine Mutter hat keine Tätowierungen."
Er wollte ein Foto. Das wurde in die Aktentasche gesteckt. „Was trug sie, als sie ging? ... Wann wurde sie zum letzten Mal gesehen? ... Ist vorher irgend etwas Ungewöhnliches passiert? ... Hat es eine Krankheit, Scheidung, einen Todesfall in der Familie gegeben?"
Lisa verbarg ihr Gesicht in den Händen.
„Die meisten dieser Fälle von vermißt Gemeldeten lösen sich

von selbst", sagte der Polizist. „Die Leute gehen fort und kommen nach einer Weile wieder zurück. Sie könnte in Boston sein, aber genauso gut kann sie noch hier sein. Das kann man nie wissen."

Zum Schluß fragte er noch, ob sich Tante Renee und Onkel Steve solange um die Kinder kümmern würden. Tante Renee versicherte ihm, daß die beiden bei ihnen gut aufgehoben wären.

13

SAM

Sam sah, wie Lisa anfing zu wählen und dann aufhörte, als ob sie darauf wartete, daß er das Zimmer verließ. Heh, das war sein Zuhause. Er mußte sich selbst manchmal daran erinnern. Er hatte aufgehört, seine Lieblingsmusik zu spielen, denn seine Cousine konnte Countrymusik nicht leiden. Er mußte an seinem eigenen Zimmer anklopfen und um Erlaubnis bitten, es betreten zu dürfen, um sich Kleidung oder ein Buch zu holen. Selbst das Badezimmer hatte er nicht mehr für sich. Immer wollte jemand hinein, wenn er gerade drin war. Und wenn er nur vor der Badezimmertür atmete, gar nicht zu reden davon, wenn er sie versehentlich öffnete, schrie seine Cousine schon „Raus!", als ob er Jack the Ripper persönlich wäre.

Und genauso sah sie ihn jetzt auch an. Lächelte sie denn nie? Dann fiel es ihm wieder ein – es waren jetzt fast zwei Wochen vergangen, und Tante Nancy hatte immer noch nichts hören lassen. Glaubte denn noch irgend jemand außer Lisa, daß Tante Nancy geschäftlich unterwegs war? Vielleicht war sie wohin gegangen, wo es kein Telefon gab. Das machte zwar nicht viel Sinn, aber es war zumindest eine Möglichkeit. Vielleicht hatte sie einen Unfall gehabt und ihr Gedächtnis verloren. Oder sie irrte irgendwo in den Straßen umher. Vielleicht wachte sie gerade auf und sah ihre Taschen durch, um herauszufinden, wer sie war. Keine schlechte Theorie. Sein Fehler war nur, daß er das nicht für sich behielt.

„Hast du schon mal daran gedacht, daß deine Mutter sich vielleicht bei einem Unfall den Kopf verletzt hat und vergessen hat, wer sie ist?"

Lisa nahm den Telefonhörer vom Ohr und und hielt ihn in

der Hand, als ob sie damit nach ihm werfen wollte. Dann ging sie hinaus.

Es war die Idee seiner Mutter, daß er mit Lisa Schlittschuh laufen gehen sollte. „Nimm das Mädchen mit aus dem Haus“, hatte sie gesagt. „Ich kann es nicht mehr mitansehen, wie sie ständig am Telefon lauert.“

Sie gingen schweigend zur Eisbahn. Lisa trug die Schlittschuhe seiner Mutter über der Schulter. Sie hatte seine schwarze Mütze mit den Ohrenklappen aufgesetzt. Die Gehsteige waren trocken, aber die krustigen Schneehaufen entlang des Gehsteigs knirschten, wenn er darauf trat. Er konnte einfach nicht still sein. Stille bedeutete Feindseligkeit. Wenn sie nicht mit ihm redete, meinte er immer, sie könne ihn nicht leiden.

„Ich hab über deine Mutter nachgedacht“, sagte er. „Vielleicht hat sie irgend etwas gemacht, was sie euch nicht erzählen konnte. Hast du daran schon einmal gedacht?“

Seine Cousine antwortete nicht.

„Aber was zum Beispiel?“ fragte er selbst. „Was könnte Tante Nancy tun, was sie dir nicht erzählen wollte?“ Er wandte sich zu Lisa. „Wie wäre es mit geheimen Diensten für die Regierung? Es ist doch so: Man sieht Leute auf der Straße und versucht, nach ihrem Aussehen zu erraten, was sie tun, aber man kann es nie wissen. Man rät nur. Deine Mutter könnte eine der unschuldig aussehenden Leute sein, die so etwas machen. Vielleicht ist sie eine FBI-Agentin.“

Lisa wechselte die Schlittschuhe auf die andere Schulter.

„Denk doch mal darüber nach. Hast du eine bessere Erklärung dafür, wo deine Mutter ist?“

„Laß mich in Ruhe“, antwortete sie.

Als sie zur Eisbahn kamen, sah er Lyn Witkin auf dem Eis. Er trug eine kurze grüne Jacke und glitzernde Schlittschuhe. Er arbeitete stundenweise bei der Parkverwaltung. Lyn kam herüber und vollführte eine Pirouette.

„Das ist meine Cousine Lisa", sagte Sam. „Lisa, das ist Lyn."
Lisa nickte. Sie setzte sich und zog ihre Schlittschuhe an.
„Unser Witkin hier ist ein Rockstar, der unerkannt bleiben möchte. Er trägt diese Spiegelbrille, damit ihn seine Fans nicht erkennen. Nimm deine Brille ab, Witkin. Zeig meiner Cousine mal deine schönen braunen Augen."
Lisa ging aufs Eis und fuhr ein paar anmutige Drehungen.
„Du bist gut", sagte Sam.
„Ich bin oft mit meinem Vater im Rockefeller Center gelaufen." Sie fuhr davon. Sam folgte ihr, aber er konnte nicht mit ihr mithalten. Er war ein schlechter Eisläufer. Seine Knöchel knickten ständig um, und er konnte seine Kufen nie gerade halten. Lyn wirbelte ein paarmal um ihn herum, dann fuhr er weiter, um einigen kleinen Kindern, die hingefallen waren, wieder aufzuhelfen.
Sam versuchte, so zu fahren wie Lyn. Lange mühelose, leichte Schritte. Und er schaffte es! Er fuhr gleichmäßig! Es war nur eine Frage der positiven Vorstellungskraft. Mit der richtigen Haltung konnte man alles bewirken. Doch plötzlich glitt er auf seinem Hinterteil übers Eis. Ein paar Mädchen, die auf der Brüstung entlang der Eisfläche saßen, begannen zu lachen. Also fiel er noch einmal, absichtlich, nachdem er großen Anlauf genommen hatte. Er landete direkt vor ihren Füßen. „Heh, Mädchen", rief er, „soll ich euch mal meinen Trick verraten?"

„Wer waren denn diese Mädchen?" fragte Lisa auf dem Heimweg. Sie stellte ihm tatsächlich eine Frage. Ihre Wangen waren gerötet. „Es schien, als ob ihr euch großartig amüsiert hättet."
„Welche Mädchen?" Die Sonne war untergegangen und es war kalt. „Ach, die. Meine Eislauf-Groupies. Ich hab ihnen ein paar Geheimnisse der höheren Eislaufkunst verraten ... Und wie hat dir mein Freund Lyn gefallen?"
„Er ist nett. Und er ist ein guter Eisläufer."

„Er ist mein bester Freund."
„Heißt das, daß er mir gefallen muß?"
„Wer gefällt dir denn, dieser Tennisspieler? Ist er dein Freund?"
„Ich kann deiner Logik nicht folgen... Sprechen wir lieber über dich. Wer ist denn deine Freundin?"
„Ich hab keine." Er hatte noch nie eine Freundin gehabt. Aber er dachte an Jamie. Er stellte sich vor, wie sie ihn auf der Eisbahn einkreiste. Er wünschte, nicht Jamie würde ihn mögen, sondern Lisa.

14

LISA

„Lisa!“ Robyn und Adam weckten Lisa am Weihnachtsmorgen. Sie mußte aufstehen. Die beiden zogen sie hoch. „Steh endlich auf. Alle warten darauf, daß sie die Geschenke auspacken können.“
Es lagen für jeden Geschenke unter dem Weihnachtsbaum. Lisa versuchte so zu tun, als ob sie sich freue. Ihre Tante und ihr Onkel waren sehr nett. Sie wollte ihnen nicht mit einem traurigen Gesicht das Weihnachtsfest verderben. Aber dann legte Sam eine Weihnachtsplatte auf, und Robyn fing an zu weinen. Lisa nahm ihre Schwester in den Arm. Robyn stieß sie weg und warf sich in die Arme ihrer Tante. Das war fast zuviel für Lisa.
Sie rief zu Hause an, hielt das Telefon vom Ohr weg, damit sie nicht die Stimme ihres Vaters hören mußte. Beim Piepston hinterließ sie eine Nachricht. „Mama, ich rufe von Tante Renee aus an. Ruf mich doch bitte zurück, sobald du diese Nachricht bekommst. Ich hab dich lieb.“ Sie wußte, es war der Anrufbeantworter, aber es war beinahe, als ob sie tatsächlich mit ihrer Mutter gesprochen hätte.“
Eine halbe Stunde später rief sie noch einmal an. „Mama, das hab ich ja ganz vergessen: Fröhliche Weihnachten. Es geht uns sehr gut hier bei Tante Renee, aber wir vermissen dich. Wenn du dein Geschenk haben möchtest, ruf mich doch bitte gleich an.“ Und dann rief sie noch einmal an. „Mama, ein gutes neues Jahr im voraus. Ich freue mich sehr, wenn du zurück bist.“
Der schlimmste Augenblick des Tages kam, als ihre Großeltern aus Spanien anriefen. „Sag nichts von deiner Mutter“, flüsterte Tante Renee, als sie Lisa den Hörer reichte. „Sie

können ja gar nichts tun, weshalb sollten wir ihnen die Ferien verderben."

Zuerst war ihr Großvater dran, dann ihre Großmutter. Es war alles in Ordnung, bis ihre Großmutter sagte: „Wie geht es denn deiner Mutter, jetzt in den Ferien?"

„Ihr geht es gut, Großmama", sagte Lisa. „Uns geht es allen gut."

„Und was ist mit dir, mein Liebes?"

„Ach..."

„Ich wünschte, ich könnte dich in den Arm nehmen und fest drücken."

„Das würde ich auch gern, Großmama."

„Ich seh dich dann bald, mein Herz. Laß mich jetzt noch mit deiner Mutter reden."

„Mama ist gerade nicht hier, Großmama", sie stockte. „Sie ist... äh... sie ist noch geschäftlich unterwegs und konnte noch nicht zurückkommen." Weshalb mußte sie ihre Großmutter anlügen? Sie sah sich um. Sie wollte ein Wunder. Sie wollte, daß ihre Mutter endlich auftauchte, noch in diesem Augenblick.

„Wenn deine Mutter kommt, sag ihr, daß wir sie vermissen und viele, viele Grüße von uns."

„Ich vermisse euch auch, Großmama. Ich hab euch lieb. Ich wünschte, du und Großpapa, ihr wärt hier."

Als Lisa aufgelegt hatte, nahm sie ihren Mantel und ging hinaus. Es schneite. Ein Weihnachten wie aus dem Bilderbuch. Lisa atmete tief ein, seufzte und atmete gut durch. Ein Stückchen weg vom Haus hielt sie an und sah zurück. Was, wenn gerade jetzt, in diesem Augenblick, ein Auto vorfuhr und ihre Mutter ausstieg?

Ihr Cousin kam aus dem Haus und zog dabei noch seine Jacke an. „Wohin gehst du denn?" fragte er.

„Nach Wynton." Sie war selbst überrascht.

„Was ist denn dort?"

„Der Geschäftsfreund meiner Mutter. Vince Gault."

„Warum zu ihm? Glaubst du, daß er etwas über Tante Nancy weiß?"
„Ich weiß auch nicht. Vielleicht."
Als der Bus kam, stieg Sam mit ihr ein. „Was soll denn das?" fragte sie. „Ich habe dich nicht gebeten, mitzukommen." Aber sie hatte nicht die Nerven, sich mit ihm zu streiten. Sie überlegte, was sie zu Vince Gault sagen sollte.
„Ich denke, es ist eine gute Idee, diesen Gault zu besuchen", sagte Sam und setzte sich neben sie. „Es ist immer besser, was zu unternehmen, als gar nichts zu tun. Selbst wenn es eine Fehlanzeige wird. Vielleicht hält Vince Gault deine Mutter gegen ihren Willen fest, mit Drogen oder sowas. Wenn er merkt, warum wir da sind, versteckt er sie vielleicht. Wir sollten uns das gut überlegen, und ihn dann überraschen."
„Manchmal mache ich mir richtig Sorgen um dich. Wo hast du nur all diese verrückten Ideen her?"
„Ich weiß, was du meinst. Aber denke immer daran, Lisa, alle großen Entdeckungen haben mit verrückten Einfällen begonnen. Über Kopernikus haben sie auch gelacht, als er sagte, die Erde sei nicht der Mittelpunkt des Universums."
Er war eine Weile still und schrieb Dinge in sein Notizbuch. Aber als sie in Wynton aus dem Bus stiegen, sagte er: „Vielleicht denkst du, daß das für mich nur ein Abenteuer ist, aber das stimmt nicht. Mir geht es wirklich darum, Tante Nancy zu finden."
„Wirklich?" fragte sie.
Er rückte seine Mütze zurecht. „Hör mal, während wir im Bus saßen, hab ich die Autos beobachtet. Ein blauer Bus war die ganze Zeit hinter uns her. Ich hab mir die Autonummer notiert."
Lisa verbiß sich eine Antwort. Sam Greene, der junge Detektiv. Er lenkte sie wenigstens ab. Sie war fast froh, daß er mitgekommen war. Zumindest verscheuchte er ihre trübseligen Gedanken.

15

SAM

„Ich werde erst mal alles auskundschaften“, sagte Sam. „Du bleibst hier, der Typ könnte dich erkennen.“ Er ging über die Straße zu dem Club, dort drehte er sich um und wollte Lisa ein Handzeichen geben. Sie war unmittelbar hinter ihm, und als er ihren Gesichtsausdruck sah, ließ er das lieber bleiben.
Laß dich nicht hängen, sagte er sich, wir stecken jetzt beide in der Sache. Wir sind ein Team. Er war der erfahrene Privatdetektiv, und sie hatte ihn um Hilfe gebeten. Sie war eine von diesen geheimnisvollen Frauen, kühl und zurückhaltend, für die man immer etwas tun wollte. Sie hatte ihm den Auftrag gegeben, weil er der beste in der Stadt war. Und er war nicht billig.
Das Restaurant stand in der Mitte eines riesigen Parkplatzes. Vor dem Eingang parkten etliche Autos. Auf einem großen bunten Schild stand „Hawai Club“, darum herum waren Palmen gemalt. „Was meinst du, was wir als erstes tun sollten?“ fragte er.
„Durch die Tür gehen“, sagte sie.
„Na klar. Und dann?“
„Ich sage: ‚Ist Vince Gault hier?‘“
„Gut. In der Zwischenzeit sehe ich mich ein bißchen um.“
Es war ein großes Haus mit mehreren Dachspitzen und einer Veranda, die sich um zwei Seiten herumzog. Es mußte einmal das Haus eines Arztes gewesen sein oder das eines Unternehmers. Sie öffneten eine mächtige, doppelflügelige Eichentür. In der Eingangshalle standen viele Pflanzen.
Eine Hostess kam näher. Sie trug ein enges schwarzes Kleid und hatte eine sehr gute Figur. In der Hand hielt sie einige überlange, schmale Speisekarten. „Kann ich Ihnen helfen?“

„Ich möchte Vince Gault sprechen", sagte Lisa.
„Warten Sie hier." Sie deutete auf eine Bank, und Sam und Lisa setzten sich.
„Nicht besonders viele Kunden", stellte Sam fest. „Die Geschäfte scheinen schlecht zu gehen." Nach ein paar Minuten stand er auf. „Ich geh mal zur Toilette", entschuldigte er sich und ging den Flur entlang. Er hörte das Klirren von Geschirr und sah in die Küche, in der sich lange Edelstahltheken befanden, von den Regalen hingen Töpfe und riesige Pfannen herunter. Ein ganz in Weiß gekleideter Mann, der ein riesiges Hackmesser in der Hand hielt, blickte auf und sah ihn.
Sam nickte ihm zu, machte am Ende des Flurs kehrt und ging die Hintertreppe hinauf. Er befand sich jetzt außerhalb des eigentlichen Restaurants. Wenn ihn irgend jemand anhielt, mußte er sich schnell etwas ausdenken. Hier war alles aus billigem Plastik. Für die Angestellten wurde nicht viel dekoriert. Oben angekommen versuchte er eine Tür zu öffnen. Sie war unverschlossen. Er trat ein. Ein großes Zimmer mit einer Sitzecke. Es schien ein privates Wohnzimmer zu sein. Er nahm sein Notizbuch heraus, um alles aufzuschreiben, was vielleicht als Beweis wichtig sein könnte.
In dem Augenblick hörte er Stimmen. Ein Mann und eine Frau unterhielten sich laut, stritten sich. Die Stimme des Mannes war langsam und undeutlich, die Stimme der Frau schnell und klar. War das vielleicht Tante Nancy? Sie standen genau vor der Tür. Sam erstarrte, als die Tür geöffnet wurde und die beiden eintraten. „Was soll ich denn tun, Vince?" fragte die Frau. Die Tür blieb offen. Sie sprachen darüber, ob sie eine Frau namens Allison einstellen sollten.
Sam stand hinter der Tür. Was sollte er nur tun? Vortreten und „Hallo" sagen? Er spürte, wie Staub in seinen Nasenlöchern kitzelte. Das war der klassische Moment. In den Büchern mußten die Helden auch immer niesen, wenn sie sich versteckten. Er zwickte sich in die Nase und ließ die Luft langsam und dosiert heraus.

Wenn sie ihn entdeckten, was konnte er sagen? Was würde Lisa denken? Nichts, was er bisher getan hatte, hatte sie beeindruckt. Er holte tief Luft. Das hier würde sie sicher auch nicht beeindrucken.

Er konnte die beiden nicht sehen, doch er hörte sie umhergehen. Sie sprachen jetzt sehr leise. Es wurde langsam peinlich. Sam drückte sich flach an die Wand. Er zitterte und verlor irgendwie das Gleichgewicht.

„Was zum Teufel ist hier los?" Ein Mann mit den tiefliegendsten Augen, die Sam je gesehen hatte, packte ihn. Er hatte große, kräftige Hände. Breite Hände. Die breitesten Hände, die Sam je gesehehen hatte.

„Ich kann alles erklären", stieß Sam hervor.

„Dann tu das." Der Mann schüttelte Sam, als ob er ein Kopfkissen sei.

„Es ist so." Sam stotterte und tat so, als ob er sich fürchtete. Das war nicht schwer. Seine Knie wackelten sowieso. Er fürchtete sich wirklich. Er hoffte, er sah klein und unschuldig und dumm aus. „Ich wollte für kleine Jungs gehen." Halb die Wahrheit. Jetzt war jede Wahrheit besser als eine Lüge.

„Hast du das gehört, Leone? Wie findest du das? Er wollte hinter unserer Tür für kleine Jungs gehen."

„Als ich gemerkt hab, daß ich hier falsch bin, hab ich schon Ihre Stimmen gehört und mich versteckt. Es ging ganz automatisch. Ich hab nicht nachgedacht. Es tut mir leid." Er sah entschuldigend zu Leone. Frauen waren meistens netter als Männer.

„Er soll seine Taschen leeren", sagte sie. „Ich wette, er hat etwas gestohlen, Vince."

Sam zog einige zerknitterte Geldscheine, ein paar Münzen, ein Päckchen Kaugummis und einen Ohrring heraus. Lisa hatte den einen verloren und den anderen weggeworfen. Sam hatte ihn gerettet. Wenn er den anderen Ohrring wiederfand, wollte er ihr beide schenken.

Leone untersuchte den Ohrring. „Der sieht wertvoll aus." Es war ein dicker goldener Reif. „Vierzehnkarätiges Gold."
„Kann ich jetzt bitte auf die Toilette gehen?" sagte Sam.
Vince Gault stieß ihn zur Tür. „Die Toilette ist unten."

16

LISA

Lisa stand auf. Sam kam die Treppe herunter, Vince Gault hatte ihn am Hals gepackt, als ob er Ungeziefer wäre. Vince erkannte sie sofort. „Lisa! Was tust du denn hier?“
„Das ist mein Cousin“, sagte sie.
Er riß Sam zu sich herum und ließ ihn dann los. Sam rubbelte seinen Nacken. „Ich fand ihn, als er oben herumschnüffelte. Was ist los?“
„Meine Mutter wird vermißt. Wissen Sie vielleicht, wo sie ist?“ Sie hatte es nie vorher gesagt – Meine Mutter wird vermißt.
„Vermißt?“ fragte er nach. „Was meinst du damit?“
Sie sah ihn nur an. Starrte ihn an. Sie wußte nicht, was sie sagen sollte. Sie hatte die Worte ausgesprochen, die sie sonst nicht einmal denken wollte, und es war so schrecklich. Es war, als ob sie schon aufgegeben hätte. Sie ließ sich gegen die Wand fallen.
„Ich hab von deiner Mutter schon ungefähr einen Monat nichts mehr gehört“, sagte Vince. „Stimmt's nicht, Leone?“
„Länger. Ich weiß auch nicht, wo ihre Mutter ist.“
Lisa fühlte sich schwach. Sie zitterte. Sie war mit der Erwartung gekommen, daß Vince Gault etwas wissen würde, daß er besorgt und nett zu ihr sein würde. Ihr helfen. Aber ihm war es ganz egal. Ihre Mutter war verschwunden und ihm machte das gar nichts aus.
„Sie haben sie letzte Woche angerufen“, sagte Lisa. „Sie haben eine Nachricht auf dem Anrufbeantworter hinterlassen. Sie wollten mit ihr reden.“
„Hab ich das?“ Er drehte sich wieder zu der Frau um, als ob er sich ohne sie an nichts erinnern könne. Dann sagte er:

„Ach ja, ich wollte, daß sie wieder zur Arbeit kommt. Aber sie hat nie auf meinen Anruf geantwortet."
Lisa war verwirrt über die Art, wie er das sagte. Wieder zur Arbeit kommen? Sie waren doch schließlich Partner, oder nicht?
„Wir waren während der Ferien knapp an Personal", fuhr er fort. „Ich dachte, sie würde sich vielleicht noch ein bißchen was dazu verdienen wollen, und ein paar Abende arbeiten."
„Arbeiten? Was denn?" fragte Lisa.
„Na, bedienen natürlich."
„Meine Mutter war keine Kellnerin."
„Sie war keine gute Kellnerin, da hast du recht, und das hätte sie sein sollen. Ich mußte sie entlassen, tut mir leid, das sagen zu müssen. Ich dachte, deshalb hätte sie mich nicht zurückgerufen."
„Meine Mutter war keine Kellnerin", wiederholte Lisa. „Sie war Ihre Partnerin."
„Wie kommst du denn darauf?"
Lisa antwortete nicht.
„Deine Mutter hat gesagt, sie sei meine Partnerin?" Er lächelte, sah die Frau an und hob dann die Hände, als ob er nicht wisse, was er dazu sagen solle. „Hör mal, Lisa, ich weiß nicht, was los ist. Ich habe deine Mutter immer gemocht. Sie hat mir leid getan. Sie war offensichtlich eine sehr feinfühlige Frau, aber sie hatte leider keinerlei Ausbildung. Ich hab ihr einen Job verschafft, aber ich bin kein Sozialamt. Ehrlich gesagt, war sie eine ganz lausige Kellnerin, und ich hab sie länger behalten, als es gelohnt hat. Trotzdem hab ich sie noch einmal angerufen und wollte ihr eine letzte Chance geben."
Lisa hatte das Gefühl völliger Leere um sich herum. „Meine Mutter ist keine Lügnerin", sagte sie, fast wie zu sich selbst. Sie war sich bewußt, daß Vince Gault sie beobachtete, war sich bewußt, daß die Frau neben ihm sie nicht einmal ansah.
„Jeder erzählt Geschichten", sagte Vince. Die Frau lachte. „Ich auch. Jeder möchte sich vorteilhaft darstellen."

Lisa konnte es nicht ertragen, weiter zuzuhören. Sie ging hinaus. Draußen stolperte sie und fiel fast die Treppe hinunter.

Sam holte sie bei der Bushaltestelle ein. „Ist alles in Ordnung mit dir?“ Er beugte sich ganz nah zu ihr, sein heißes, ernstes Hundegesicht war dicht vor ihr. „Hast du seine Hände gesehen?“ sagte er. „Wie von einem Gorilla. Ehrlich. Seine Knöchel streifen fast auf dem Boden.“

„Meine Mutter ist keine Kellnerin.“

„Es ist nichts dabei, Kellnerin zu sein.“

„Habe ich vielleicht das Gegenteil behauptet?“ Sam versuchte in seiner plumpen Art, sie aufzumuntern, aber er verstand überhaupt nichts. Vince Gault war ein Lügner und ein Schwindler. Er und ihre Mutter waren Partner. Das hatte ihre Mutter nicht erfunden.

Als sie im Bus saß, starrte sie aus dem Fenster. Sie konnte gerade noch die Umrisse von niedrigen Häusern und Bäumen sehen. Alles war dunkel, verschwommen und unklar. Sie war müde und wollte nur noch schlafen. Sie erinnerte sich daran, wie Vince Gault immer zu ihnen nach Hause gekommen war. Da war er so nett zu ihr und ihrer Mutter gewesen. Verkehrte man so mit einer Kellnerin? Weshalb sollte sie ihm glauben?

Ihre Mutter hatte ihr erzählt, wie sie eines Tages sein Restaurant betreten und ihm erzählt hätte, sie mache Innendekorationen. Er hätte sie sofort angestellt, sie sogar zur Partnerin gemacht. „Ich habe ihm ein paar Sachen gezeigt, und er war sehr beeindruckt“, hatte ihre Mutter gesagt. Lisa hatte ihr geglaubt, ihr glauben wollen. Und warum auch nicht? Ihre Mutter war eine Künstlerin. Hatte nicht ihr Vater immer gesagt, ihr Haus sei ein Kunstwerk? Und es war gut, daß ihre Mutter arbeitete. Sie mußte ein bißchen unter Leute kommen und etwas für sich selbst tun. Außerdem brauchten sie das Geld. Bis die geschäftlichen Angelegenheiten geregelt waren, verfügten sie über fast kein Bargeld.

Wann hatte ihre Mutter aufgehört, auszugehen? Wann hatte sie aufgehört, mit Lisa zu sprechen? Wann hatte sie damit angefangen, sich zu verstecken, wenn das Telefon klingelte? Wie lange hatte sie Lisa schon angelogen?
Warum hatte ihre Mutter ihr nicht vertraut? Warum hatte sie Lisa nicht ins Vertrauen gezogen? Ihre Mutter hatte immer gesagt, daß sie nun niemanden mehr hatte, mit dem sie reden konnte, seit Papa nicht mehr da war. Aber Lisa war doch die ganze Zeit dagewesen.

17

SAM

Das Klingeln des Telefons weckte Sam irgendwann kurz vor Mitternacht. Er hörte es von weit weg. Langsam wachte er auf. Das Telefon klingelte in der Küche. Er kroch tiefer in seinen Kokon aus Decken. Warum ging denn niemand hin? Schließlich stand er widerwillig auf.
„Ich habe hier ein R-Gespräch...", meldete sich die Vermittlung.
„Mama?" Er dachte, es sei etwas mit dem Auto passiert.
„Steve?"
„Mama?" War sie bei der Arbeit?
„Ist Lisa da?"
„Bist du das, Mama?" Es hörte sich zumindest wie die Stimme seiner Mutter an.
„Spreche ich mit Sam?" Es war seine Tante Nancy. „Sind meine Mädchen da?"
„Ja. Soll ich sie schnell holen?" Er hatte über und über eine Gänsehaut.
„Wie spät ist es denn? Ist es sehr spät? Es ist doch Silvester, oder nicht? Nein, da habe ich etwas durcheinander gebracht – das ist ja erst morgen. Ich wollte ihnen ein schönes neues Jahr wünschen. Ich möchte, daß sie glücklich sind. Ich hätte nicht anrufen sollen. Ich weiß nicht, was mit mir los ist. Ich kenne den Unterschied zwischen Tag und Nacht nicht mehr."
„Soll ich Lisa rufen, Tante Nancy?"
„Wie geht es allen? Geht es euch gut? Geht es den Mädchen gut? Wie geht es Robyn? Erzähl mir von meinem Baby!"
„Es geht ihr gut, Tante Nancy. Ich werde schnell..."
„Nimmt sie ihre Vitamine? Sie erkältet sich so leicht. Sie muß sich immer ausruhen."

„Tante Nancy. Ich rufe Lisa."
„Nein, ruf sie nicht. Sie braucht ihren Schlaf. Ruf niemanden. Sag ihnen nur... sag es ihnen. Nein, sag ihnen gar nichts..." Dann, einen Augenblick später, bat sie: „Sag ihnen, mir geht es gut. Sag ihnen, sie brauchen sich keine Sorgen zu machen. Sag ihnen, es tut mir leid. Wirst du das tun, Sam? Sag ihnen, daß ich sie lieb habe, und dich habe ich auch lieb." Sie legte auf.
Sam raste die Treppe hinauf und öffnete die Tür zum Zimmer der Mädchen. „Lisa!" Er stand neben ihrem Bett. Ihr Haar war über dem ganzen Kopfkissen verteilt. „Deine Mutter", sagte er. Lisa vergrub den Kopf unter dem Kopfkissen. „Ich habe gerade mit deiner Mutter gesprochen."
„Was?" Ihr Arm schoß heraus. Sie setzte sich auf, das Haar fiel ihr übers Gesicht.
„Ich habe gerade mit Tante Nancy gesprochen. Sie hat angerufen."
„Sie ist am Telefon?" Lisa war sofort aus dem Bett. Das Oberteil des Schlafanzugs stand offen.
„Sie sagte, es ginge ihr gut. Sie sagte, ich soll dir sagen..." Er versuchte, sich an alles zu erinnern. „Und dann legte sie auf."
„Du hast sie auflegen lassen?" Sie sah, wohin er blickte, schob ihn beiseite und rannte hinunter. Als er nach unten kam, stand sie neben dem Telefon. „Warum hast du mich nicht gerufen?"
„Sie ließ mich ja nicht. Sie war bestimmt nur eine Minute am Apparat. Wirklich, Lisa. Es war eine Minute oder sogar noch weniger, vielleicht nur eine Sekunde, dann legte sie auf."
„Wollte sie mich denn nicht sprechen?"
„Sie wollte nicht, daß ich dich wecke."
„Du hättest mich trotzdem rufen sollen." Sie fuhr sich immer wieder durch das Haar. „Wo hast du denn deinen Verstand gelassen? Was genau hat sie gesagt? Hast du irgend etwas herausgefunden? Von wo aus hat sie angerufen?"
Sam schüttelte den Kopf.
„Man fragt doch immer, von wo aus rufst du an? Hat sie dir

keine Telefonnummer gegeben? Erzähl mir genau, was sie gesagt hat."

Er wiederholte die Unterhaltung, aber diesmal kam alles etwas anders heraus als das letzte Mal, und das machte Lisa wütend. Sie nahm den Hörer ab und wählte die Vermittlung.

„Ich hatte gerade einen Anruf, von dem ich wissen muß, woher er kam. Es ist sehr wichtig. Ich muß wissen, woher dieser Anruf kam."

„Gute Idee", sagte Sam, „die Vermittlung anzurufen. Jetzt wirst du sie finden." Lisa lauschte in den Hörer, und fuchtelte nervös mit der Hand herum. Sam reichte ihr einen Stift.

„Bekommst du die Nummer? Geben sie sie dir?"

Sie hielt abwehrend die Hand hoch. „Sie können nicht? Sie können nicht? Warum?" Lisa legte auf.

„Was ist passiert?" fragte er.

„Sie kennen die Nummer nicht. Sie können sie nicht feststellen." Sie wählte noch einmal.

„Wen rufst du denn jetzt an?"

„Großmama."

„Sie ist in Spanien. Niemand ist da."

„Sei still", sagte sie.

Er hörte, wie das Freizeichen ertönte.

Schließlich legte sie auf. „Der Anrufbeantworter ist abgestellt", sagte sie. Sie sah ihn an, als ob sie gerade etwas Wichtiges gesagt hätte. Er verstand es nicht. Dann war der Anrufbeantworter eben abgestellt. Vielleicht hatten seine Großeltern vergessen, ihn anzustellen, als sie wegfuhren. Was war schon dabei?

Am Morgen klingelte das Telefon wieder und Sam hob ab.

„Sam?"

Es war eine weibliche Stimme, die er nicht kannte. „Wer ist dran?"

„Was glaubst du denn?"

 „Wo bist du?" Er hatte nicht den Eindruck, daß es seine

Tante war, aber er wollte kein Risiko mehr eingehen. „Wo bist du?“ fragte er wieder. „Gib mir deine Telefonnummer und ich rufe gleich zurück.“
„Versprichst du es? Hast du gerade meine Telefonnummer gesucht?“
„Ja“, sagte er, „ja, hab ich. Ich rufe gleich zurück.“ Er schrieb sich die Nummer auf. Irgendwie kam ihm die Stimme am Telefon bekannt vor.
„Ruf mich gleich zurück!“ Sie legte auf.
Er rief sofort an. Vielleicht war es nicht seine Tante. Aber sie konnte jemanden gebeten haben, für sie anzurufen.
Er mußte es nicht lange klingeln lassen. „Hallo!“
„Hier ist Sam.“
„Sam, bist du es, Sam?“
Hatte er das nicht gerade gesagt? „Wer ist denn dran? Was möchtest du?“
„Alles. Willst du mich, Sam? Vermißt du mich?“ Sie imitierte den weichen, schnurrenden südlichen Akzent. „Sag mir, wie sehr du mich vermißt, Sam. Mein Mund ist gleich hier neben deinem Ohr, Sam. Kannst du ihn fühlen? Spürst du, wie ich dich küsse? Mmhh. Das ist schön, nicht wahr, Sam? Willst du mich auch küssen?“
Und so ging es weiter.
„Küß mich doch am Telefon zurück. Mmmhh, das ist gut! Jetzt blas in mein Ohr. Ah! Gefällt es dir auch? Spürst du meinen Atem an deinem Ohr? Willst du in mein Ohr blasen, Sam?“
„Hör mal...“, sagte er.
„Sag nichts. Ich wette, du möchtest an meinem Ohr knabbern. Sag es mir. Das ist so sexy. Machst du sowas gern?“
Bei ihm dämmerte es. „Jamie, bist du das?“ Entweder war sie es, oder es war eine ihrer Freundinnen, die sich da aufführte wie aus einem Pornofilm entsprungen.
„Ach! Du erinnerst dich an meinen Namen. Du hast gesagt, du rufst mich während der Ferien an.“

„Wann hab ich das gesagt?"
„Und ich hab während der ganzen lausigen Ferien neben dem Telefon gesessen und auf deinen lausigen Anruf gewartet."
„Das tut mir leid, aber ich glaube ehrlich gesagt nicht, daß ich das versprochen habe."
„Hast du nicht? Du kannst dich, ehrlich gesagt, nicht mehr erinnern. Sam! Leute, die dauernd ehrlich gesagt sagen, sind Lügner. Du bist nicht ehrlich, Sam. Du hast einen gemeinen Zug an dir. Du wolltest diese ganzen Ferien verstreichen lassen und mich nicht anrufen, stimmt's?"
Schweigen auf seiner Seite. Was sollte er sagen? Daß er sie, ehrlich gesagt, nicht anrufen wollte? „Ich kann mich nicht erinnern."
„Das ist auch etwas, was Lügner sagen."
„Ach, laß mich doch in Ruhe", rief er aus und legte auf.
Sie rief sofort noch einmal an. „Leg bloß nicht noch mal auf, wenn ich mir dir telefoniere." Dann legte sie auf.

Am Morgen hackte Sam gerade an dem Berg aus Schnee und Eis herum, der sich entlang der Einfahrt türmte, als Lisa aus dem Haus kam. Sie ging an ihm vorbei, ohne ihn zu sehen. Zumindest tat sie so.
„Behalte deine Cousine immer ein bißchen im Auge", sagte seine Mutter ständig zu ihm. Das hätte sie ihm gar nicht zu sagen brauchen. Er konnte gar nicht anders, als seine Cousine zu beobachten. Er sah ihr nach, wie sie die Straße hinunter ging, zog den Reißverschluß seiner Jacke hoch und folgte ihr.
Lisa ging schnell und zielstrebig. Sie lief zum Bahnhof und die Stufen hinauf zum Fahrkartenschalter. Er wartete, bis sie auf dem Bahnsteig stand. Dann ging er ebenfalls zum Schalter. „Ich möchte die gleiche Fahrkarte wie meine Schwester gerade."
 Der Zug war überfüllt. Lisa befand sich am anderen Ende

des Wagens und sah ihn nicht. Der Zug fuhr schnell, bis er die New Yorker Innenstadt erreicht hatte, und dann schien er eine ganze Weile durch dunkle, lange Tunnels zu schleichen, bis er schließlich den Bahnhof erreichte. Endlich öffneten sich die Türen, und alle stiegen aus und strebten zum Ausgang hin. Sam folgte Lisa. Er vermutete, daß alles, was sie tat, mit ihrer Mutter zusammenhing. Er würde ihre Spur verfolgen und ein Auge auf sie haben, ihr zu Hilfe kommen, wenn es soweit war.

Sie hielt beim Informationsschalter an und warf ihren Schal über die Schulter. Er dachte, das sei ein Zeichen und hielt aufmerksam Ausschau, ob sich jemand Lisa näherte. Aus jeder Richtung kamen Leute. Er wurde abgelenkt durch die Menge der Leute und die unheimlich hohe gewölbte Decke. Jemand stieß mit ihm zusammen.

Es war Lisa. „Du bist mir gefolgt, stimmt's? Sie schubste ihn. „Ist das Tante Renees Idee? Oder gehört es wieder mal zu einem deiner kindischen Spiele?"

Er lächelte sie gewinnend an. „Ich dachte, du hättest mich vielleicht ganz gerne in der Nähe. Es ist doch wegen deiner Mutter, oder nicht? Du kennst doch das Sprichwort, von den vier Augen, die mehr sehen, als zwei."

„Du meinst, du willst mir helfen, so wie du es bei Vince Gault getan hast?"

Das war ein Schlag unter die Gürtellinie.

Sie ging weiter. Er folgte ihr. Sie hielt an. „Du verfolgst mich ja immer noch."

„Naja, ich bin nun einmal hier. Es tut mir leid wegen letzter Nacht. Ich hätte deine Mutter länger am Telefon festhalten oder etwas herausfinden sollen."

„Ja, das hättest du." Er folgte ihr durch den Bahnhof an Imbißständen vorbei, wo Leute um Kaffee anstanden. Sam fiel plötzlich ein, daß er noch nicht einmal gefrühstückt hatte und hungrig war. Er zögerte. Das Wasser lief ihm im Mund zusammen, wenn er an ein Schokoladenhörnchen

oder ein Käsegebäck dachte. Oder einfach nur an ein Brötchen.
Aber Lisa verschwand bereits wieder. Er holte sie am Ausgang zur zweiundvierzigsten Straße wieder ein. Die Straße war voller Menschen und Verkehr. Lisa drängte sich, den Schal fest um ihren Kopf geschlungen, mit gesenktem Kopf durch die Menge. Er ging neben ihr. Sie liefen gegen den Wind, und es war eisig.
Einige Blocks später wurde ihm klar, wohin sie gingen. Da war eine Kirche, die ihm bekannt vorkam, und um die Ecke lag der Gramercy Park, wo ihre Großeltern wohnten. Glaubte Lisa, daß Tante Nancy dort war? Die Idee war gar nicht mal so schlecht.
Ein Portier in Uniform, der unter dem Schutzdach stand, das den Eingang überspannte, ließ sie eintreten. „David und Marsha Cline", sagte Lisa.
„Sie sind nicht hier."
„Ja, das wissen wir, sie sind in Spanien", sagte Sam.
Lisa sah ihn an. Er hatte verstanden. Sie wollte das Reden übernehmen. Sie zeigte dem Portier ihren Schlüssel. „Meine Großeltern sagten, ich solle ab und zu in ihrer Wohnung nach dem Rechten sehen."
„Wie heißt du?" Der Portier sah seine Liste durch. Er hatte eine große Knollennase. „Hier steht nichts. Keine Mitteilung."
„Meine Mutter muß auf Ihrer Liste stehen. Nancy Allen? Sie kommt oft hierher, wenn meine Großeltern unterwegs sind. War sie heute schon da?"
Zwei Frauen in weißen, schwarz gesprenkelten Pelzmänteln, kamen in die Halle, und der Portier verließ seinen Platz, um ihnen die Tür aufzuhalten. Sam schlich sich zur Treppe. Warum warten? Lisa hatte doch den Schlüssel. Er winkte ihr zu, aber sie beachtete ihn nicht.
Der Portier kam zurück. „Bitte...", versuchte Lisa es noch einmal. Ihre Hände waren ineinander verkrampft. „Es ist

sehr wichtig. Ich soll nach den Pflanzen meiner Großmutter sehen. Wenn ich das nicht kann, werden sie vertrocknen."

„Tut mir leid, aber es dürfen nur die Leute rein, deren Namen ich auf meiner Liste habe."

Sie gingen hinaus, überquerten die Straße und standen an dem Eisengitter, das den Park umgab. Es war kalt. Sie liefen zum nächsten Gebäude und standen im Eingang. „Warum setzen wir uns nicht irgendwo hin wo es warm ist?" schlug Sam vor. „Auf einen Eisberg zum Beispiel."

Lisa zog die Kapuze ihres Mantels über den Kopf. „Ich habe dich nicht gebeten mitzukommen."

Sam versuchte, seinen Kopf auch unter seine Jacke zu bekommen, aber er hatte entweder einen zu großen Kopf oder eine zu kleine Jacke. Er stampfte mit den Füßen. Sie waren schon zu Eiszapfen geworden, bis hinauf zu den Knien, und außerdem mußte er dringend pinkeln. Er ging ein Stück weiter. Er hatte keine andere Möglichkeit, als in den schmalen Gang zu treten, der sich zwischen der Kirche und dem Haus seiner Großeltern befand, wenn niemand ihn sehen sollte. Er sah zu, wie der Strahl auf den Beton prasselte und Dampf aufstieg. Er überlegte sogar, ob er ihn nicht über seine Hände laufen lassen sollte, so sehr fror er. Forscher in der Arktis mußten so etwas auch getan haben. In der Wüste tranken die Leute sogar ihren eigenen Urin, wenn es sein mußte. Alles war zu rechtfertigen, wenn das Leben davon abhing.

Er bemerkte eine Tür im Haus seiner Großeltern. Eine lackierte Metalltür ohne Griff. Er stemmte sich dagegen und fühlte, wie die Tür nachgab. Sie war unverschlossen. Er ging zurück und erzählte es Lisa.

„Das gibt es gar nicht", sagte sie. „Sie lassen doch bei all den Sicherheitsvorkehrungen keine Türen unverschlossen." Aber sie folgte ihm in die Gasse und probierte selbst an der Tür. Sie öffnete sich, und die beiden traten ein.

„Bist du jetzt nicht doch froh, daß ich mitgekommen bin?" bemerkte er.

Sie gingen einen kurzen Gang mit weißgetünchten Wänden und schwachen Deckenleuchten entlang. Man hörte, wie nebenan eine Heizung brummte. Sie kamen durch einen Waschraum, und fanden schließlich die Aufzüge. Sam drückte auf den Knopf, aber Lisa ging schon zur Treppe.
Sie gingen hinauf, rasch an der Eingangshalle vorbei, und weiter hinauf. Der zweite Stock, der dritte... Im fünften Stock wurde plötzlich die Tür zum Treppenhaus geöffnet. Eine Frau sah sie an und rauschte dann an ihnen vorbei nach unten. Die letzten beiden Stockwerke rannten sie. Sie keuchten, als sie schließlich die Wohnungstür ihrer Großeltern erreicht hatten.
Lisa klingelte.
„Warum klingelst du denn?" Sam wollte hinein. „Mach doch endlich auf. Schließ auf!"
Sie klingelte wieder. Sie hatte den Schlüssel in der Hand, aber sie klingelte weiter.

18

LISA

Lisa stand in der Wohnung und lauschte. Und betete.
Es war nichts zu hören. Nicht ein Quietschen. Nicht einmal die Luft bewegte sich. Nur Sam, der nie auch nur länger als eine Sekunde still stehen konnte, schickte sich bereits an, durch die Wohnung zu streifen.
„Alles ist mit Tüchern zugedeckt", rief er. „Alle Möbel sind abgedeckt. Niemand ist hier", berichtete er, als er zurückkam. „Es war eine gute Idee, Lisa, aber Tante Nancy ist nicht hier."
Lisa hätte ihm am liebsten eine runtergehauen.
Sie ging weg und schloß sich im Badezimmer ein. „Es ist einfach zu viel. Ich halte es nicht mehr aus", sagte sie zu ihrem Gegenüber im Spiegel. Doch ihr Spiegelbild schien zu antworten: „Du hältst es aus. Hör auf, alles so zu dramatisieren."
Sie drehte das Wasser an und sah zu, wie es abfloß. Ach, daß sie ständig an ihre Mutter denken mußte! Sie dachte und dachte, bis sie nicht mehr wußte, was sie denken sollte.
Ihre Mutter hatte sie hereingelegt. Nein, das war Unsinn.
Ihre Mutter war verantwortungslos. Sie war keine gute Mutter. Würde eine gute Mutter so lange von ihren Kindern wegbleiben? Warte. Sie hatte letzte Nacht angerufen ... und dann aufgelegt, bevor Lisa mit ihr reden konnte.
Fang mich, sagte ihre Mutter – so wirkte es jedenfalls auf Lisa.
Spielen wir, sagte ihre Mutter. *Spielen wir Verstecken. Tun wir so, als ob ich das Baby wäre und du die Mutter. Komm schon, sagte ihre Mutter. Überlege doch mal. Versuch mich zu finden!*

Lisa versuchte es ja. *Du machst es zu schwer, Mama.*
„Lisa!" Sam rief sie. Was wollte er denn jetzt schon wieder? Welche großartige Entdeckung hatte er gemacht? „Lisa! Sieh dir das doch einmal an." Sie kam aus dem Badezimmer. Er war in der Küche, den Kopf hatte er wie üblich, in den Kühlschrank gesteckt. „Lisa, sieh mal! Milch, Brot, Käse, Eier." Kolumbus hatte Essen entdeckt.
„Verstehst du nicht? Das sind frische Lebensmittel. Oma und Opa haben sie nicht hiergelassen. Jemand anders ist noch hier."
Sie schob ihn zur Seite, schnüffelte am Brot, versuchte die Milch und prüfte das Verfallsdatum.
„Aha!" sagte Sam. „Aha, Aha, Aha!" Er sprang mit hochgerissenen Armen siegesgewiß umher. „Sam Greene, Privatdetektiv, sagt, vergiß nie, einen Blick in den Kühlschrank zu werfen."
„Sie ist hier. Meine Mutter ist hier!" Wie eine Verrückte rannte Lisa durch die Wohnung. Sie lachte und sah unter all die Tücher. Sie erwartete fast, ihre Mutter hinter einem Stuhl versteckt zu finden. *Wo bist du Mama? Hör auf, dich zu verstecken. Komm heraus, komm raus, egal wo du bist.*
Am Fußende eines der Betten fand sie eine sorgfältig zusammengelegte Decke unter einem Kopfkissen. „Jemand hat hier geschlafen", sagte sie und kam sich vor wie Schneewittchen im Haus der sieben Zwerge.
Sie roch am Kissen. Es strömte einen angenehmen Geruch von Haar und Puder aus. Sie spürte die Nähe ihrer Mutter. Sie war hier. Ja, sie war hier.
Im Badezimmer fand sie eine Zahnbürste, die immer noch ein bißchen feucht war. *Warum, Mama? Warum bist du weggegangen? Warum bist du hierher gekommen? Warum hast du nicht auf meine Nachrichten geantwortet?* Sie hielt die Zahnbürste an den Mund wie ein Mikrophon. Manchmal braucht man etwas Zeit für sich alleine, schien die Zahnbürste zu sagen.

Ich weiß das. . . ich muß auch manchmal alleine sein, aber wir sind ihre Kinder. Warum will sie nicht bei uns sein?
Warum? sagte die Zahnbürste. *Warum? Weil sie all diese schrecklichen Telefonanrufe, Rechnungen und Sorgen nicht mehr ertragen konnte. Sie schämte sich, weil sie kein Geld mehr hatte. Es war zu demütigend.*
„Was tust du?" Sam stand in der Tür und trug eine Schürze.
Sie gingen in die Küche, und er bot ihr ein Spiegelei in einem Stück Brot an. „Hühnchen im Nest", sagte er. „Das hab ich mal in einer Zeitschrift gesehen."
Lisa aß. Sie aß schnell und machte sich dann noch Toast und Tee. Sie wollte keine Krümel in den Mundwinkeln haben, wenn ihre Mutter kam. Sie war aufgeregt und erwartete etwas Wundervolles. Gleichzeitig war sie auch völlig entspannt und guter Laune.
„Siehst du das?" sagte Sam. Er saß auf der Anrichte und öffnete eine Tüte mit Chips, die er im Schrank gefunden hatte. „Die sind unheimlich fetthaltig. Aber sie sind gut!" Er hielt ein einziges Stück hoch und legte es in die Mitte eines Tellers. „Wie findest du das als Diät?" Er nahm einen kleinen Bissen.
Sie lächelte. Sie konnte sich jetzt gar nicht mehr erinnern, warum sie ihn so furchtbar gefunden hatte. Sie stand auf, ging ins Wohnzimmer und legte sich auf die Couch. Sie mußte vielleicht den ganzen Tag auf ihre Mutter warten, aber das war ihr egal.
Sam kam und ging. Er konnte nicht stillsitzen. Er ging, um noch ein Kartoffelchip zu holen und teilte es mit ihr. „Die Hälfte der Kalorien."
Er stand immer wieder auf und tat irgend etwas. Dann sah er nach dem Wetter. „Es schneit wieder", verkündete er. Er war wie ein Fernsehgerät, nur konnte man ihn nicht abstellen. „Ich glaube unsere Füße sind gleich", meinte er und hielt seinen Fuß neben den ihren. „Die gleiche Größe."
Sie zog ihren Fuß zurück. „Dein Fuß hat die Größe eines Lastwagens."

„Wie ist es mit meiner Hand?" Er schüttelte sie vor ihrem Gesicht herum.
Sie schob ihn weg. „Benimm dich. Geh und mach den Fernseher an."
„Ja, Frauchen." Er krabbelte zum Fernsehgerät, und kehrte dann wie ein Hündchen wieder zurück. Was für ein Idiot! Sie tätschelte seinen buschigen Kopf. Sie war erstaunlich umgänglich. „Heh, Dickerchen." Sie stieß ihn mit dem Fuß an. „Tut es dir leid, daß du mitgekommen bist? Ist es nicht langweilig mit mir? Was hast du gedacht, als du mir gefolgt bist, daß ich meinen Freund treffe?"
„Also hast du einen Freund!" Sam stützte sich mit dem Ellbogen ab. „Wie heißt er? Ist es der, den du in der Schule gesehen hast, der dunkle Typ?"
„Wer, Andrew?" Sie konnte nicht anders, sie mußte lächeln. „Ich wünschte, er wäre es!"
„Du wünscht es dir? Er hätte wahnsinniges Glück, wenn er deinen kleinen Finger berühren dürfte."
„Findest du mich so toll?"
„Absolut."
Es war warm in der Wohnung. Sie streckte sich bequem aus und legte die Hände hinter den Kopf. Wenn ihre Mutter kam, würde sie gar nicht groß herumreden, weinen oder ihrer Mutter Vorwürfe machen. Sie würde nur sagen: Mama, endlich habe ich dich gefunden...

Sie erwachte, als sie Sam mit jemandem reden hörte. Einer Frau. „Mama?" Sie stand auf. „Mama? Bist du das, Mama?" Dann sah sie, wer es war. Peggy Riley, eine Freundin ihrer Großmutter, eine große, schwarze Frau, die Lisa schon seit Jahren kannte. Sie war Sozialarbeiterin wie Lisas Großmutter.
„Hallo Lisa", grüßte Peggy.
„Peggy, ich bin überrascht, dich hier zu sehen. Oma ist in Spanien."

„Ich weiß. Deshalb bin ich ja hier. Ich gieße die Pflanzen. Sie hat das gleiche für mich getan, als ich letztes Jahr verreist war."
„Schläfst du dann auch hier?"
„Ach, nur manchmal, wenn ich zu müde bin, noch den ganzen Weg nach Queens zu fahren."
„Wo ist meine Mutter?"
„Nancy? Ich dachte, du triffst sie hier." Peggy füllte eine Plastikflasche mit Wasser und goß die Pflanzen auf dem Fensterbrett. „Ich würde mich freuen, sie zu sehen. Ich habe sie schon seit Monaten nicht mehr gesehen."
Lisa drehte den tropfenden Wasserhahn zu. Sie war äußerlich ganz ruhig, aber innerlich begann sie zu zittern. Die Decke, das Essen im Kühlschrank, die Zahnbürste, war das alles von Peggy?
„Da fällt mir ein, daß ich erst kürzlich mit deiner Mutter geredet habe", sagte Peggy. „Sie hat angerufen, als ich hier war."
„Was hat sie gesagt?" Lisa hielt sich an der Stuhllehne fest.
Peggy sah einen Stoß mit Post und Zeitungen durch. „Sie hat eine Telefonnummer hinterlassen. Hier ist sie." Sie reichte Lisa einen Zettel.
„Sagte sie sonst noch etwas?"
„Sie bat darum, daß deine Großmutter sie zurückruft und hat diese Nummer hinterlassen."
„Wann hat sie angerufen?"
„Weshalb stellst du nur so viele Fragen über deine eigene Mutter?" Peggy lachte. „Morgen ist Neujahr. Es war nach Weihnachten, vor zwei oder drei Tagen, denke ich. Das ist alles, was ich weiß." Sie ging in die anderen Zimmer, um dort die Pflanzen zu gießen.
Lisa benutzte das Telefon im Schlafzimmer. Sie hatte den Eindruck, daß ihr Verstand ganz klar war. Sie schob ihre Gefühle beiseite. Es war egal, was sie dachte. Sie durfte sich nicht erlauben, enttäuscht zu sein.

Während sie wählte, studierte sie die gerahmte Fotografie ihrer Eltern auf dem Schreibtisch. Es war eines ihrer Hochzeitsbilder, es gab genau das gleiche in dem großen Hochzeitsalbum zu Hause. Ihre Eltern sahen beide erstaunlich jung und frisch aus. Ihre Großmutter hatte einen neueren Schnappschuß in die Ecke des Rahmens gesteckt. Darauf stand ihre Mutter neben dem Baum vor ihrem Haus. Sie trug Jeans und ein Kapuzen-Sweatshirt. Lisa nahm das Photo, um es näher zu betrachten. Doch wie sie es auch drehte, sie schaffte es nicht, daß ihre Mutter sie direkt ansah.

„Ellens Restaurant", meldete sich ein Mann am Telefon.

Lisa steckte das Foto ein. „Können Sie mir bitte sagen, wo Sie genau sind?"

„Wir sind in der Innenstadt, im Bankenviertel."

„Gibt es bei ihnen jemanden namens Nancy..."

„Wen?"

„Nancy. Arbeitet bei ihnen jemand mit diesem Namen?"

„Ich weiß nicht. Warten Sie bitte, ich frage." Aber bevor er sich wieder meldete, legte Lisa auf.

Was, wenn er sagte, ihre Mutter sei nicht da? Arbeite nicht da. Sei nie da gewesen. Lisa hatte das Gefühl, nicht noch eine Enttäuschung ertragen zu können. Oder was, wenn ihre Mutter da war und nicht mit Lisa sprechen wollte? Was, wenn man sie rief: „Nancy! Deine Tochter ist am Telefon." Und ihre Mutter antwortete: „Tochter? Ich habe keine Tochter."

19

SAM

Lisa gab dem Fahrer die Adresse des Restaurants. Sam war beeindruckt, wie gut sie alles im Griff hatte. Es war das erste Mal, daß er in einem Taxi fuhr. Er schlug die Beine übereinander und lehnte sich zurück, als ob er jeden Tag im Taxi führe. Lisa saß nach vorne gebeugt da und sah dem Fahrer über die Schulter. Sam dachte, sie beobachte den Taxameter.

„Ich hab Geld dabei“, sagte er.

Sie sah ihn kühl an. Seit sie die Wohnung verlassen hatten, hatte sie nichts mehr zu ihm gesagt. Sie hatte ihn nicht gebeten mitzukommen, es andererseits aber auch nicht verboten.

Als das Taxi anhielt, war Sam mit dem Geld schneller. Er hatte seinem Vater schon zugesehen, wie er in Restaurants zahlte, wenn er mit seinen Freunden unterwegs war – oft zahlte er, und zog danach seine Freunde damit auf, daß ihnen anscheinend ihre Geldbörsen in den Taschen geklebt hatten. Sam gab dem Fahrer einen Fünf-Dollarschein und stieg aus, ohne auf das Wechselgeld zu warten.

Das Restaurant befand sich auf der anderen Straßenseite inmitten eines kleinen Parks, der von Hochhäusern umgeben war. Das Restaurant roch großartig. Es war gleichzeitig eine Bäckerei und an der Theke hatte sich eine lange Schlange gebildet. In einer anderen Schlange warteten Leute darauf, zu einem Platz geführt zu werden.

Lisa fragte die Frau an der Kasse, ob sie mit dem Geschäftsführer sprechen könne. Währenddessen musterte Sam das Restaurant. Viele Leute waren gerade beim Essen. Er ging durch das ganze Lokal und wieder zurück, aber Tante Nancy sah er nirgends.

Lisa stand in der Schlange, als er zurückkam. „Das Telefon

ist ganz da hinten“, berichtete er. „Deine Mutter habe ich nicht gesehen.“
„Sie arbeitet nicht hier“, sagte Lisa.
„Weißt du das sicher?“
„Der Geschäftsführer hat es gesagt.“
„Kann man ihm trauen?“
Sie sah ihn mit diesem ‚Was-war-denn-das-wieder-für-eine-blöde-Frage-Blick‘ an.
„Und was machen wir jetzt?“ fragte er nach einen Moment.
„Ich bleibe hier.“
Die Betonung lag auf dem Ich. Er hatte verstanden. Er konnte bleiben oder gehen. Es war eine Ausladung.
Der Duft der Backwaren machte ihn fast verrückt. „Hast du diese Törtchen gesehen?“ fragte er. „Wie groß die waren? Riesig. Ich glaube, die da hinten sind mit Blaubeeren.“
Sie sah ihn mit einem weiteren vielsagenden Blick an. Dieser bedeutete: ‚Kannst-du-nur-an-Essen-denken?‘ Aber dann erzählte sie ihm von einer Konditorei, in die ihre Eltern sie immer mitgenommen hatten, als sie noch klein war. „Da gab es Marmortische und Spiegel an der Wand und Blumen an der Decke.“
„Richtige Blumen?“
„Nein. Es war so ähnlich wie in den Kirchenfenstern.“
Jedesmal, wenn jemand herein kam, drehte sie sich um. Er tat das gleiche, aber er erwartete eigentlich nicht, Tante Nancy zu sehen. Weshalb sollte sie heute hierher kommen? Andererseits, warum nicht? Lisa zeigte das Foto ihrer Mutter einigen Kellnerinnen, aber sie waren zu beschäftigt, um richtig hinzusehen. „Sie kann hier gewesen sein“, sagte eine von ihnen. „Ich weiß es nicht. Wenn so viel los ist wie jetzt gerade, Schätzchen, dann seh ich niemanden.“
Sie saßen an der Ecke. Den Platz hatte er ausgesucht. Eine strategisch günstige Position, von wo aus sie sowohl sahen wer herein kam, als auch, wer ging. Das war besser, als weiter hinten an einen der kleinen Tische gequetscht zu sein.

„Wir entdecken Tante Nancy in dem Moment, in dem sie hereinkommt“, sagte er. Er nahm die Speisekarte auf. Wenn sie hier sitzen bleiben wollten, mußten sie etwas bestellen. Er war in Versuchung, sich ein Club Sandwich, Pommes frites und ein Törtchen zu bestellen, aber er hatte schließlich einen Ruf zu verlieren. „Ich nehme den Thunfischsalat“, bestellte er bei der Kellnerin, „und ein Glas Mineralwasser.“
„Für mich nur einen Tee“, bat Lisa, saß da und beobachtete die Tür. Als ihre Bestellung kam, legte sie die Hände um die Tasse und sagte gar nichts. Sie redete überhaupt nicht viel. Er hatte das Gefühl, als ob er die ganze Zeit plapperte.
Ihnen gegenüber, auf der anderen Seite der Ecke, saß eine Frau mit geschlossenen Augen. Sam beobachtete sie schon eine Weile. „Sie meditiert“, sagte er zu Lisa.
„Sie ist blind“, verbesserte ihn Lisa.
„Blind?“
„Sprich doch nicht so laut“, flüsterte sie. „Deine Stimme übertönt ja alles. Siehst du nicht den weißen Stock? Meine Mutter hatte im College eine blinde Freundin.“
Es schien Sam, als ob sie schon lange hier säßen. Die Schlange hatte sich mittlerweile aufgelöst, und es gingen mehr Leute als kamen. Es fiel ihm schwer, so lange auf einem Platz zu sitzen. „Was denkst du?“ fragte er schließlich. „Vielleicht ist Tante Nancy einfach nur hereingekommen, hat an dem Tag das Telefon benutzt und ist dann wieder gegangen.“
„Ich warte“, sagte sie.
Er dachte über ein Törtchen nach.
Die blinde Frau saß über ihr Sandwich gebeugt, packte es mit beiden Händen. „Sieh dir nur an, wie sie ißt“, sagte er.
Lisa zwickte ihn. „Hast du vielleicht schon einmal daran gedacht, daß sie so essen muß? Was würdest du denn tun, wenn du blind wärst?“
„Mir die Kugel geben.“ Das war wieder einmal sein loses Mundwerk.

Lisa sah ihn angewidert an. „Sam, werde endlich erwachsen!"
„Vielleicht ist das die Freundin deiner Mutter."
„Sei nicht albern." Sie trommelte auf ihren Knien herum. Sam fand diese Idee von der blinden Freundin nicht alberner, als hier die ganze Zeit herumzusitzen. „Von hier aus hat deine Mutter angerufen", erklärte er. „Dann hat sie vielleicht auch ihre Freundin hier getroffen. Vielleicht ist das ihre Freundin, und sie wartet auf deine Mutter." War es wirklich eine so alberne Idee? Wenn man etwas wissen wollte, mußte man fragen. Man wußte es nicht, bevor man nicht danach gefragt hatte, oder?
Die blinde Frau nahm ein paar Scheine aus ihrer Tasche und hielt sie in die Luft. Die Kellnerin nahm sich das entsprechende Geld aus der Hand.
„Sie könnten sie betrügen, und sie würde es nicht einmal merken", meinte Sam.
„Wer würde eine blinde Frau betrügen?" Lisa stand auf und ging mit ihrer Rechnung zur Kasse.
Die blinde Frau war ebenfalls aufgestanden. Sie wandte sich allerdings zur falschen Seite. „Möchten Sie hinaus?" fragte Sam.
Sie packte seinen Arm. Ihr Griff überraschte ihn. Er war ganz und gar nicht zögernd oder weich. „Ja. Bring mich bloß hier raus." Draußen sagte sie: „Bring mich in Richtung Chambers Street."
„Chambers Street?" Er sah auf die Schilder und deutete dann, was ja nun wirklich zwecklos war. Also brachte er sie bis zur Ecke. „Jetzt müssen Sie nach links."
Sie ging weiter, benutzte ihren langen weißen Stock, und tastete sich zwischen den Häusern und der Straße entlang. Er und Lisa gingen hinter ihr. „Du hattest wahrscheinlich recht damit, daß sie nicht die Freundin deiner Mutter ist", sagte er.
„Ach, ich weiß nicht. Was ist, wenn du recht hattest? Ich hätte sie fragen sollen."

„Wir können sie immer noch fragen." Die Frau war schon ein Stückchen weiter. Sie sahen, wie sie eine Bank an der Ecke betrat. „Sobald sie herauskommt, frage ich sie", sagte Lisa. Als die Frau herauskam, liefen sie zu ihr hin. „Entschuldigen Sie bitte ..." begann Sam.

„Du bist der Junge, mit dem ich gerade gesprochen habe. Was willst du?"

„Hatten Sie vielleicht im College eine Freundin, die Nancy hieß?" fragte Lisa.

„Ich bin nie an einem College gewesen. Wer seid ihr?"

„Meine Mutter hatte eine blinde Freundin", antwortete Lisa. „Ihr Name war Mary Anne."

„Was wollt ihr? Wie viele seid ihr?" Sie umklammerte ihre Tasche und drehte sich zur Bank um.

„Sind Sie Mary Anne?" rief Lisa ihr nach. „Haben Sie meine Mutter gekannt?"

Die Frau flüchtete in die Bank.

20

LISA

„Wenn ich mal einen Vorschlag machen dürfte...“, meldete sich Sam. Sie standen im Windschatten eines Gebäudes.
Lisa wickelte sich ihren Schal um den Kopf. Sam blies sich in die Hände. Sein Gesicht sah aus, als ob es mit roter und blauer Kreide angemalt worden wäre. „Warum gehen wir nicht zurück in Omas Wohnung, wo es warm ist? Dort können wir darauf warten, daß deine Mutter noch einmal anruft.“
Wunderbar! Aber was, wenn ihre Mutter heute gar nicht mehr anrief, morgen nicht, und auch nächste Woche nicht? Sie konnte das Warten nicht mehr ertragen. Außerdem wollte er es ja nur bequem haben. „Geh doch, wenn du willst“, sagte sie. „Ich halte dich nicht auf.“ Sollte er machen, was er wollte, aber sie konnte nicht dasitzen und warten. Sie mußte in Bewegung bleiben. „Ich werde meine Mutter finden“, sagte sie.
„In dieser Stadt?“
„Ja“, sagte sie.
„Heute?“
„Ja.“
„Vielleicht denkst du, daß sie jeden Augenblick um die Ecke kommt?“
„JA!“
„Das ist verrückt“, meinte er.
Sie antwortete nicht.
„Ist schon in Ordnung“, winkte er ab. „Ich bin wahrscheinlich auch verrückt. Aber du bist jedenfalls verrückter als ich.“
„Dann verstehen wir uns ja ausgezeichnet.“ Sie zog wieder die Kapuze hoch. Wohin sollte sie gehen? So viele Straßen,

Läden und Menschen, die sie hierhin und dorthin zogen. War ihre Mutter diese Straße entlang gelaufen? War sie in dieses Haus gegangen? Um diese Ecke? Lisa lief einfach weiter, wohin ihre Füße sie trugen. Sie drehte sich in die eine Richtung, dann in die andere, als ob sie die Spuren ihrer Mutter erkennen könnte. Sie wollte ihre Witterung aufnehmen, ihren Geruch erkennen und ihr folgen wie ein Hund einer Fährte folgte.

Greenwich Village kam ihr in den Sinn. Ihre Mutter hatte es immer gemocht. Sie hatte Lisa dahin mitgenommen, als sie noch klein war. Lisa blickte in jedes Lokal, an dem sie vorbeiging, hoffte, betete, ihre Mutter bei einer Tasse Kaffee am Fenster sitzen zu sehen. Bestimmt hielt sie nach ihr Ausschau, wartete auf Lisa.

Sollte sie die Straße überqueren? War das die richtige Richtung? War ihre Mutter dort? Sollte sie an dieser Ecke abbiegen? Oder geradeaus gehen? Welchen Weg sollte sie nehmen? Die Konditorei mit den Blumen an der Decke war hier irgendwo. Es wäre ein Wunder, wenn ihre Mutter dort wäre. Ein Wunder war auch vonnöten, um diese Konditorei zu finden. Und nur durch ein Wunder würde sie ihre Mutter finden.

„Weshalb gehen wir denn hier lang?“ wollte Sam wissen. Er lief neben ihr mit seinen Fragen. Seinen Zweifeln. „Glaubst du, daß das der richtige Weg ist? Warum rufen wir nicht noch einmal bei Oma an und stellen fest, ob Tante Nancy schon angerufen hat?“ Sein endloses Gequassel. „Wie lange laufen wir denn noch? ... Kriegst du nicht langsam Hunger? ... Laß uns doch irgendwo einkehren.“

„Halt's Maul!“ Es war ein so häßlicher Ausdruck, den sie selbst nicht mochte, aber jetzt benutzte sie ihn. „Halt's Maul, halt's Maul!“ Sie sagte es absichtlich, genußvoll und betont. Alles was nicht in Ordnung war, all ihre Zweifel und Ängste, alles was sie nicht verstand und wovor sie Angst hatte, legte sie in diese Worte. „Ich versuche mich zu konzentrieren. Ich bin beschäftigt. Ich versuche nachzudenken. Kannst du nicht endlich einmal mit deinem idiotischen Geplapper aufhören!"

„In Ordnung. Ich weiß, was du meinst", sagte er. „Ich rede zu viel. Ich bin froh, daß du mich darauf aufmerksam gemacht hast." Er lächelte sie an, um ihr zu zeigen, daß ihr Ausbruch von gerade Musik in seinen Ohren war. „Ich brauche jemanden, der mich korrigiert. Es ist gut, wenn du mich daran erinnerst, nicht so viel zu reden. Du brauchst mir nur ein Zeichen zu geben, und ich bin ruhig."

„Vergiß es. Ich bin doch nicht dein Kindermädchen."

„Ich würde es auch gar nicht falsch auffassen. Ich bin froh, wenn sich jemand mit mir beschäftigt. Ich brauche jede Hilfe, die ich kriegen kann. Sag mir etwas. Sag mir nur irgend etwas." Er hielt seine Finger hoch, als ob er einen Stift in der Hand hätte. „Ich schreibe es sofort auf."

„Du bringst immer alles auf eine so kindische Ebene... Sei einfach mal eine Weile still."

Er hielt tatsächlich einen halben Häuserblock lang seinen Mund. Dann sagte er: „Vier Augen sehen mehr als zwei."

Was er schon einmal gesagt hatte. Sie wollte ihn gar nicht mehr darauf aufmerksam machen.

„Du denkst, ich sehe sowieso nichts, stimmt's?"

Genau. Sie überquerte im größten Verkehr die Straße. Vielleicht kam er unter die Räder.

Es war der letzte Tag des Jahres. Der Tag vor dem Beginn eines neuen Jahres. Nur noch wenige Stunden bis zum Neujahrsanfang. Das Wunder eines Tages geschah. Eine Sekunde vor Mitternacht war es noch das alte Jahr und eine Sekunde später begann bereits das neue. War das kein Wunder?

Sie wollte, daß dieses schreckliche Jahr endlich endete. Wenn sie die Macht dazu hätte, würde sie dieses Jahr überspringen. Es ausradieren. Dann wäre ihr Vater noch am Leben und ihre Mutter zu Hause. Es gab Zeiten, wo ein Wunder das einzig normale im Leben war.

Ja, sie wünschte sich ein Wunder. Ein Zeichen, ein Signal, irgend etwas. Warum sollte kein Wunder geschehen? Jetzt. Genau in diesem Moment. Und um es sich selbst zu beweisen, sprach sie einen Mann in grüner Hose und weißen Turnschuhen an. „Kennen Sie vielleicht eine Konditorei mit roten Blumen an der Decke?“

„Ja“, antwortete er, als ob er darauf gewartet hätte, ihr genau diese Frage zu beantworten. Er deutete in eine Richtung. „Es ist nicht so einfach zu erklären, aber du biegst auf der Carmine links ab, gehst noch einen Block, und biegst bei der MacDougal wieder ab – oder war es die Thompson? Aber keine Sorge, du siehst sie schon.“

Sie rannte eine enge, kurvige Straße entlang, die steinernen Stufen der Häuser schienen sie anzugrinsen. Sie fand die Konditorei. Sie war genau da, wo der Mann es beschrieben hatte. Aber es war nicht ihre Konditorei. Bei der hier gab es keine Blumen an der Decke. Keinen Marmorfußboden. Kein Wunder.

Aber sie hoffte immer noch. Ein Mann mit einer roten Katze auf der Schulter ging vorbei, und sie folgte ihm. Vielleicht war der erste Mann nur dazu da, um sie zum zweiten Mann zu bringen, der sie führen würde... Er verschwand in ein Gebäude, und sie ging hin und las die Namensschilder. Es gab tatsächlich den Namen Allen, aber als Vornamen. Allen Cummins. Sie hatte nicht die Nerven, dort zu klingeln.

Als sie wieder auf der Straße stand, sah sie einen großen grünen Papagei, der im Schaufenster eines Waschsalons saß. Sam klopfte an das Glas. Der Papagei sah sie mit einem blitzenden goldenen Auge an und streckte dann seine dicke, hölzern wirkende Zunge heraus. Was bedeutete das? Lisa lehnte ihren Kopf gegen die Scheibe. Es bedeutete, daß das alles Blödsinn war. Sie konnte diesen Hinweisen noch ein ganzes Jahr nachgehen und nichts herausfinden. Woher wußte sie denn überhaupt, daß ihre Mutter in Greenwich Village war? Sie hatte aus der Stadt angerufen, gut. Aber mittlerweile konnte sie sonstwo sein. Sie konnte in Florida sein, selbst in Europa. Wenn Lisa glaubte, daß der Papagei ein Zeichen war, bedeutete das, daß ihre Mutter in Mexiko war? Oder in Brasilien?

Sam kam zu ihr und bot ihr eine warme Bretzel an, die er von einem Straßenhändler gekauft hatte. „Deine Mutter könnte jeden Moment an uns vorbei laufen", meinte er. Endlich hatte er ihre Phantasiewelt betreten. Sie hatte sie gerade verlassen.

21

SAM

Sam beobachtete einen Mann mit einer Segeltuchtasche über der Schulter, der einen Zettel an der Seitenwand eines Bus-Wartehäuschens aufhing. Es ging um eine Silvesterfeier in der Jane Street. Da hatte Sam eine glänzende Idee. Weshalb hingen sie nicht einen Zettel wegen Tante Nancy auf? Er fand, daß es eine gute Idee war, aber er zögerte.

„Lisa“, sagte er. „Ich weiß, du hältst nicht viel von meinen Ideen, aber diesmal habe ich eine gute Idee.“

„Wieder einmal?“

„Ich tu mein Bestes“, sagte er.

„Das glaube ich gerne.“

„Diese Idee wird dir bestimmt gefallen.“

„Gut.“

„Es ist eine gute Idee.“

„Ja, meinetwegen.“

„Sie wird uns weiterhelfen.“

Sie hielt die Arme verschränkt und sah ihn mit dem gewissen Blick an, dem ‚Was-für-eine-blöde-Idee-hast-du-denn-jetzt-wieder-Blick‘.

„Na gut, sie ist vielleicht nicht gerade spitzenmäßig, aber sie wird uns helfen. Wir hängen Zettel auf wegen deiner Mutter. Was hältst du davon?“

Jetzt würde sie ihn in der Luft zerreißen, er spürte es. Doch dann sagte sie: „Gut.“

„Gut?“ fragte er.

„Ja, gut.“

„Du meinst, du willst es machen?“

„Ja.“

Sie kauften dickes, großformatiges Papier und Marker in

einem Schreibwarengeschäft. Dann gingen sie in einen Kopierladen und arbeiteten an einem der Tische ein Plakat zusammen aus. HABEN SIE DIESE FRAU GESEHEN? schrieb Lisa.

„Sag, daß sie fort ist", meinte Sam. „Schreib MEINE MUTTER IST FORT."

„Das will ich so nicht schreiben."

Sie schrieb darüber EINE MUTTER IST FORT.

„Es ist nicht irgend eine Mutter", sagte Sam. „Es ist deine Mutter."

„Das weiß ich auch!" fuhr sie ihn an, strich aber doch EINE MUTTER... wieder aus und schrieb MEINE MUTTER IST FORT.

„Warte mal. Es ist ja auch Robyns Mutter."

Das war der Augenblick, wo sie hinaus ging und ihn im Laden zurückließ. Schuld war wieder einmal seine große Klappe. Plappermaul! Es war ihre Mutter, die fort war, nicht seine. Er packte gerade wieder alles in die Tasche, als sie zurück kam. Sie sagte gar nichts, nahm nur den Stift, drehte das Blatt um und begann noch einmal.

VERMISST schrieb sie darüber. EINE MUTTER WIRD VERMISST. Sie klebte den Schnappschuß darunter, fügte eine kurze Beschreibung ihrer Mutter hinzu und gab seine Telefonnummer und die ihrer Großeltern an. Zum Schluß schrieb sie: „Wenn Sie diese Frau sehen, sagen Sie ihr bitte, sie soll ihre Kinder anrufen. Mama, wenn du dies hier liest, bitte komm nach Hause. Wir lieben dich."

Dann machten sie einen Stoß Kopien davon. Sie verbrachten den ganzen restlichen Nachmittag damit, das Plakat aufzuhängen. Zuerst taten sie es nur an Häuserwänden und den Fenstern von leeren Läden. Einer von ihnen hielt das Plakat, während der andere es festmachte. Sie hängten auch ein Plakat an einem Briefkasten auf.

„Das ist Erregung öffentlichen Ärgernisses", meinte eine Frau.

Lisa nahm das Plakat wieder ab, und sie gingen weiter.
Es passierte öfter, während sie das Plakat aufhängten, daß die Leute Fragen stellten. „Ist das eure Mutter? Seid ihr Bruder und Schwester?“
Das Klebeband ging ihnen aus, und sie kauften noch eine Rolle. Sie hängten das Plakat in Wartehäuschen auf, in Waschsalons und in den Eingängen von Supermärkten. Einmal, als sie eine Straße überquerten, sahen sie, wie ein gutangezogener Mann eines der Plakate abriß. Sie gingen etliche Straßen weiter, bevor sie wieder ein Plakat aufhängten.

22

LISA

Der Spiegel in der Damentoilette war schlecht, aber vielleicht lag es auch an ihrem Gesicht. War es schon immer so dunkel gewesen, so grob geschnitten? Lisas Haar war ganz zerzaust, und sie konnte es nicht bändigen. Als sie die Toilette verließ, zeigte Sam dem Mann hinter der Theke gerade das Plakat. Der Mann studierte das Bild. Seine Augenbrauen wuchsen zu einem dicken schwarzen Balken zusammen. „Warte mal." Er zeigte das Plakat der Frau hinter der Kasse. „Erinnert dich das nicht an Ruthie?"

„Aber klar doch." Die Frau war stark geschminkt und ihre schwarzen Haare sahen wie eine Perücke aus. „Sie war heute morgen erst hier und hat dagesessen und einen Cappucino und einen Kuchen gegessen. Du suchst nach Ruthie?"

„Meine Mutter heißt Nancy", sagte Lisa.

„Deine Mutter?" sagte der Mann. „Ich dachte, es sei seine Mutter."

„Sie könnte ihren Namen geändert haben", sagte die Frau. „Du weißt schon, um sich zu verstecken."

„Das glaube ich nicht", meinte Lisa, aber sie war nicht sicher. „Seit wann kommt Ruthie denn hierher?"

„Ach, sie ist eine alte Stammkundin. Ich würde sagen seit vier Jahren, stimmt's, George?"

Lisa setzte sich an die Theke. Sie war sogar zu müde, um ihren Mantel abzulegen. „Etwas Heißes", bestellte sie.

„Ich hab eine schöne heiße Linsensuppe", sagte der Mann hinter der Theke. „Das bringt Glück."

Später liefen sie wieder durch die Straßen. Es war Silvester. Die Straßenhändler waren bereits unterwegs und boten Hüte, Tröten und Pfeifchen an. An einer Gebäudeecke, im

Dunkeln, hörte Lisa einen Hilferuf. Die Stimme schien vom Boden zu kommen. „Helft mir!" Zuerst konnte sie gar nichts sehen, dann sah sie etwas – nein, jemanden – in Lumpen auf dem Boden liegen. „Helft mir!" Eine Hand war ausgestreckt, aber sie sah nicht wie eine Hand aus. Sie sah aus wie eine schmutzige schwarze Klaue. Lisa konnte nicht erkennen, ob das nun ein Mann oder eine Frau war, ob jung oder alt. „Ich bin hungrig."

Lisa leerte ihre Taschen. Jeden Tag hatte sie diese Leute gesehen, Leute, die auf der Straße lebten, Leute, die nicht wußten, wo sie hin sollten, in Eingängen zusammengekauert bettelten sie. Lisa war in fast jeder Straße an ihnen vorbeigekommen. Sie folgten nicht dem Verkehr. Sie schienen einfach nur da zu sein. Sie hatte diese Leute gesehen, ohne sie richtig wahrzunehmen. Sie sagte sich, daß sie nicht über diese Menschen nachdenken könne. Sie mußte an ihre Mutter denken. Wo war ihre Mutter? Fror sie? War sie hungrig? Hatte sie einen Platz zum Schlafen? War sie auch so auf der Straße unterwegs, lag sie irgendwo und bettelte? Helft mir. Helft mir.

23

SAM

Sams Füße waren kalt. In den Fenstern der Lokale sah er Leute, die lustige Hüte trugen und an kerzenbeleuchteten Tischen saßen. Er wollte sich auch hinsetzen. Ehrlich, er hatte genug und wollte nach Hause. Sie waren den ganzen Tag unterwegs gewesen. Sie hatten alles getan, was sie tun konnten. „Weshalb gehen wir nicht nach Hause?" schlug er vor.

„Geh doch, wenn du willst."

„Wir können doch morgen wieder herkommen und weitersuchen", sagte er.

„Ja", sagte sie von oben herab, „noch ein aufregender Tag mit Spaß und Spiel. Für dich ist das alles ein Spiel, stimmt's? Du hast gedacht, wir suchen ein bißchen nach meiner Mutter, und nach vielen Abenteuern finden wir sie, umarmen und küssen uns. Happy-End. Ist es nicht so? Das ist alles, was du vom Leben weißt."

Er zuckte zusammen. Am liebsten hätte er ihr eine runtergehauen. Aber dann entschuldigte sie sich, und er vergab ihr sofort.

„Dickerchen ..." Sie nahm seinen Arm. „Vergiß es. Ich weiß auch nicht, was ich da rede. Hör mir einfach nicht zu."

Wirklich, es machte ihm nichts aus. Es war ihm ganz und gar egal. Sie konnte ihn anschreien, so viel sie wollte.

„Ich weiß, daß es so ist, als ob wir eine Stecknadel im Heuhaufen suchten, wenn wir hoffen, meine Mutter hier zu finden. Aber ich weiß, daß ich sie finde. Sie wird Schlag Mitternacht erscheinen, wie Aschenputtel." Sie lächelte, aber gleichzeitig sah sie ängstlich aus.

 Er blieb an einer Telefonzelle stehen. „Ich rufe schnell meine

Mutter an", sagte er. Lisa ging weiter. „Wohin gehst du denn?" schrie er hinter ihr her. Er wählte und versuchte, sie dabei im Auge zu behalten. „Mama!" Er hatte nur eine Sekunde Zeit. „Mama, mir geht es gut. Ich bin mit Lisa in der Stadt." Er wollte sie nicht beunruhigen. „Alles ist in Ordnung. Wir waren bei Oma."

„Was soll das heißen, ihr wart bei Oma? Was habt ihr denn dort gemacht?" Hatte er gedacht, er könnte seine Mutter dazu bekommen, ihm nur zuzuhören? Sie stürzte sich auf ihn wie eine Löwin. „Wie konntest du einfach aus dem Haus gehen, ohne mir Bescheid zu geben? Ich stand heute morgen auf, und ihr wart beide weg. Keine Nachricht, gar nichts. Noch einmal zwei Leute verschwunden."

Lisa ging um die Ecke.

„Mama, ich muß jetzt wieder auflegen."

„Ich möchte, daß du bleibst, wo du bist, Sam, hörst du mich? Geh nicht weg. Sag mir genau, wo du bist. Wir kommen und holen dich."

„Mama, ich kann jetzt nicht weiter reden. Tut mir leid. Ich ruf dich später noch mal an." Er legte auf und rannte zur Ecke, aber als er dort ankam, war Lisa schon weg.

Er ging die Straße hinunter. Die Seitenstraße war unfreundlich, mit einer Menge düsterer, unbeleuchteter Häuser. Von einem fensterlosen Gebäude flogen Tauben auf. Auf der anderen Seite der Straße sah er Leute um ein Feuer herumstehen, das in einer Tonne brannte. Er hörte Schritte, sah Männer auf sich zukommen. Er rannte. An der Ecke war ein Restaurant. Licht und Musik drang heraus auf die Straße. Er schaute in ein Fenster, das mit großen tropischen Pflanzen gefüllt war, und sah Lisa an der Theke sitzen.

Er ging hinein. Das Lokal war rauchig und durchdrungen vom Geruch nach würzigem Essen und lauter, eindringlicher Musik. Ein Mann in Schwarz saß auf einem Stuhl neben Lisa, beugte sich fast über sie. Sein Kopf war kahlgeschoren, und ein großes Silberkreuz hing um seinem Hals. Lisa duckte sich

unter ihm weg, aber als sie Sam sah, richtete sie sich sofort wieder auf. „Wo warst du? Ich habe auf dich gewartet."
„Wer ist denn der Kleine?" fragte der Mann.
„Das ist mein Cousin."
„Dein Cousin?" Er schien das lustig zu finden. „Wie geht's denn so, Cousin?"
„Komm." Lisa stand auf. „Gehen wir", flüsterte sie Sam ins Ohr.
„Wo willst du hin?" fragte der Mann. „Du bist doch gerade erst gekommen." Er faßte nach Lisa.
Sam reagierte. Er blockte den Mann ab. Er stand zwischen ihm und Lisa. Es war nichts, was er getan hätte, wenn er erst überlegt hätte. Es war eine reine Reflexhandlung. Ganz automatisch schoß seine Hand einfach vor, und er schubste den Kerl. Nicht besonders heftig. Der Typ saß auf einem Stuhl und im nächsten Moment lag er auf dem Boden.
Lisa faßte Sams Hand und sie rannten los. Sie hielten nicht mehr an, bis sie zu einer gut beleuchteten Straße mit Geschäften und vielen Menschen kamen. Im Eingang eines Videoladens lehnte sich Sam an ein Treppengeländer und schnappte nach Luft.
„Ich saß einfach nur da und dachte nach", sagte Lisa. „Ich saß nur da und überlegte, was ich als nächstes tun sollte. Was ist denn bloß immer mit den Männern los? Woran liegt es, daß so viele solche Idioten sind?"
Hielt sie ihn auch für einen Idioten? „Meinst du mich?"
„Dich doch nicht, Dickerchen." Sie legte den Arm um ihn und drückte seine Schulter. „Du hast mir gerade das Leben gerettet."
Es war fast Mitternacht, und sie liefen mit der Menge. Noch mehr Leute strömten auf die Straßen, blockierten den Verkehr. Es herrschte ein totales Verkehrschaos. Die Autos standen still und hupten. Leute gingen vorbei und bliesen in ihre Tröten, sangen und machten Lärm. „Frohes neues Jahr! Frohes neues Jahr!"

Der Lärm der Tröten schallte von nah und fern, und die Glocken begannen zu läuten. In ihrer Nähe kamen gut gekleidete Leute aus einem Hotel auf die Straße. Sie tanzten in einer langen Schlange.
Ein Kerl mit einem Stirnband faßte Lisa um die Taille. „Tanz mit mir, hübsches Fräulein." Sam trat auf eine Treppe, um besser zusehen zu können. Lisas Schal hatte sich gelöst und ihr Haar flog.
Sie kam lachend und immer noch tanzend zu Sam zurück.
Es begann zu schneien. Sie setzten sich auf einen Brunnenrand. Der Schnee blieb auf ihrem Haar und ihren Knien liegen. „Das ist nun also wirklich das neue Jahr", sagte sie.
Sie hörte sich wieder traurig an. Das machte auch Sam traurig. Er sagte: „Ich werde dieses Jahr dreizehn."
Sie legte ihre Hand auf seine Schulter. „Alles Gute zum Geburtstag, Sam. Schönes neues Jahr." Dann gab sie ihm einen Kuß.
Der Schnee fiel herunter wie ein Vorhang, der langsam herabgelassen wird. Sam sah zu, wie der Schnee seine Schuhe bedeckte. Der Kuß ging ihm nicht aus dem Sinn. Er würde für immer dort bleiben, in seine Lippen gebrannt. Er wußte, er würde für immer dort bleiben.

24

LISA

Als sie das Haus betraten, wartete Tante Renee bereits auf sie in Jogginghose und Pullover. Ihre Beine waren gespreizt, wie die eines Ringkämpfers. „Da sieh mal einer an", sagte sie zu Sam und beachtete Lisa gar nicht. „Hast du dich also doch noch entschlossen, nach Hause zu kommen. Vielen Dank. Du bist ja auch nur zwölf Stunden überfällig."
„Tante Renee, es tut mir leid", unterbrach Lisa sie. „Ich hätte eine Nachricht hinterlassen sollen. Es ist meine Schuld."
Aber ihre Tante hörte sie kaum. Sie hatte sich auf Sam eingeschossen. „Sieh ihn dir nur an, am kältesten Tag des Jahres ist er ohne Mütze unterwegs. Wenn er krank wird, wer muß sich denn um ihn kümmern? Nach wem schreit er denn dann?"
„Ich hab schon eine Weile aufgehört, nach einem Fläschchen zu schreien, Mama."
„Sehr lustig. Für dich ist das alles nur ein Witz. Du denkst wahrscheinlich, diese alte nervige Mutter redet nur, um sich selbst reden zu hören."
„Mama, was ist denn so schlimm? Was hab ich denn so Furchtbares getan?"
„Als erstes hättest du mich ja um Erlaubnis fragen können, wenn du in die Stadt willst."
„Du hättest nein gesagt."
„Genau. Was habt ihr Kinder denn den ganzen Tag und die halbe Nacht in New York zu suchen gehabt?"
In diesem Augenblick kam Robyn in ihrem Nachthemd die Treppe herunter und warf sich in Lisas Arme. „Wo warst du nur? Wo bist du hingegangen? Tante Renee hat sich solche Sorgen gemacht. Ich kann dich überhaupt nicht mehr leiden."
 Lisa nahm ihre Schwester auf den Arm und ging unsicher die

Treppe mit ihr hinauf. Sie setzten sich aufs Bett. „Ich hätte es dir sagen sollen, Käferchen." Sie erklärte, wie sie nach ihrer Mutter gesucht hatte, dann hielt sie Robyn so im Arm, wie ihre Mutter es getan hätte. Sie hörte, wie ihre Tante unten immer noch Sam anschrie.

Tante Renee schrie dauernd. Lisa konnte sich nicht erinnern, ihre eigene Mutter jemals auf diese Weise explodieren gesehen zu haben. Was ihre Mutter auch fühlte, sie behielt es für sich. Ihre Tante ließ ihre Gefühle immer sofort heraus. Alles an ihrer Tante war übertrieben und zu dick aufgetragen, aber verhielt sie sich nicht so, wie eine Mutter sein mußte? Wenn eine Mutter besorgt war, dann benahm sich sich auch entsprechend. Eine Mutter wartete darauf, daß ihre Kinder nach Hause kamen. Und wenn sie etwas taten, was nicht richtig war, dann schimpfte sie mit ihnen. Lisa wiegte ihre Schwester im Arm. Wie konnte ihre Mutter nur so lange wegbleiben? Sie wollte ihre Mutter nicht beschimpfen oder sie mit anderen Müttern vergleichen, ganz besonders nicht mit Tante Renee. Sie sagte sich, daß es für ihre Mutter bestimmt auch furchtbar war, so lange wegbleiben zu müssen. Wenn sie Lisa nur gesagt hätte, warum, anstatt alles in sich verschlossen zu halten. Wenn ihre Mutter nur geschrien und gebrüllt hätte, anstatt wegzulaufen.

Als sie nach unten kam, stand ihre Tante vor Sam, der am Küchentisch saß und seinen Kopf in die Hände gestützt hatte. „Tante Renee, bitte gib Sam nicht die Schuld", sagte Lisa. „Es war meine Schuld. Es war alles meine Idee. Ich bin diejenige, die in die Stadt wollte."

„Ich gebe dir keine Schuld, Lisa, du hast genug Sorgen. Obwohl du hättest sagen können: ‚Sam, ruf deine Mutter an.' Mädchen denken eher an solche Dinge."

„Das hat sie ja auch zu mir gesagt", warf Sam ein. „Sie hat gesagt: ‚Sam, ruf deine Mutter an.'"

Sie logen beide, verteidigten sich gegenseitig.

„Mama“, sagte Sam. „Mama, habe ich dich angerufen oder nicht?“
„Mich angerufen? So nennst du das? Hallo, ich bin es. Aufwiedersehen. Es hätte dein letzter Atemzug sein können. Wie konnte ich das wissen? Kein einziges Wort den ganzen Tag, und dann sagt er um ein Uhr morgens Hallo und Aufwiedersehen. Das nennst du anrufen? Ich habe bei all deinen Freunden angerufen. Nicht ein einziger war von deinem Verhalten beeindruckt. Sie sagten alle, daß sie das ihrer Mutter nie antun würden.“
„Wer hat das gesagt?“ fragte Sam.
„Du willst, daß ich deine Freunde verrate? Du glaubst mir nicht? Du willst es wohl schriftlich haben? Vielleicht eine eidesstattliche Versicherung, vom Notar beglaubigt? Dieser Junge macht sich wirklich nicht das geringste aus seiner Mutter. Und sein Vater und sein Bruder sind ihm auch egal. Er kümmert sich nicht einmal um seinen Hund.“
Sam lächelte. „Pepo hat auch um mich geweint?“ Er sah fröhlich und sehr selbstzufrieden aus. Lisa dachte, es wäre besser gewesen, wenn er zerknirscht dreingesehen und nicht gelächelt hätte. Seine Mutter gab ihm eine Ohrfeige.
„Tante Renee!“ Lisa konnte es gar nicht fassen.
Sams Hand war erhoben, seine Wange wurde rot, aber das Lächeln verschwand nicht aus seinem Gesicht. „Du glaubst, das tut weh? Das hat nicht weh getan. Überhaupt nicht. Versuch es doch noch einmal, Renee.“
„Du findest dich ja so stark, Supermann persönlich.“ Sie schlug ihn noch einmal.

25

SAM

Sam lag im Bett, die brennende Wange auf dem kalten Kissen. Es war fast Morgen. Seine Wange war angeschwollen wie ein roter Luftballon. Sie schien immer noch größer und runder zu werden. Vielleicht würde sie nie mehr abschwellen, und er mußte zukünftig mit einer normalen Wange und einem roten Luftballon durchs Leben gehen. Aber das war ihm egal. Es wäre ein Sieg über seine Mutter. Sollte sie doch immer daran erinnert werden, was sie getan hatte, daß sie ihren wunderbaren Sohn fürs ganze Leben zerstört hatte.
Er wünschte ihren Tod. Das war sein voller Ernst. Er wollte gar nicht darum herumreden oder es beschönigen und sagen, es täte ihm leid... wenn es gar nicht stimmte. Es war sein Ernst. Sein voller Ernst. Tränen traten in seine Augen. Es war nicht der Schmerz. Der war nicht der Rede wert. Es war die Demütigung. Es war, weil Lisa dabei gewesen war und gesehen hatte, wie er von seiner Mutter geschlagen wurde.
Es klopfte an der Tür. „Laß mich in Ruhe!" Er konnte sich schon denken, daß das seine Mutter war, mit Plätzchen und Milch. Sie wollte mit Essen das wieder gut machen, was sie angerichtet hatte. „Ich bin auf Diät", schrie er. „Und deinen Schrott esse ich sowieso nicht mehr."
Die Tür wurde einen Spalt geöffnet. „Kann ich reinkommen?" Es war Lisa.
Er setzte sich auf und strich sich das Haar in die Stirn. Er war froh, daß das Licht so schwach war, daß sie sein Gesicht nicht klar erkennen konnte.
Lisa setzte sich auf die Bettkante. „Ist alles in Ordnung mit dir?" Er sah ihren Umriß in dem bläulichen Licht, das von dem Schnee draußen reflektiert wurde. „Tut es sehr weh?"

„Nein, überhaupt nicht. Ich habe ein dickes Fell."
„Manche Dinge sind gar nicht lustig. Eltern sollten ihre Kinder nicht schlagen."
„Ich werde meine Kinder nie schlagen", sagte er. „Wenn ich überhaupt so lange am Leben bleibe." Er spöttelte schon wieder. „Du hast ja gesehen, wozu sie fähig ist. Sie hätte mich wahrscheinlich umgebracht, wenn du nicht dagewesen wärst."
Sie zog eine Decke um sich. „Es ist wirklich kalt hier. Rutsch rüber." Sie schlüpfte zu ihm unter die Decke.
Er wußte nicht, was er sagen sollte. Was sagte man, wenn ein Mädchen zu einem ins Bett stieg? War es genauso, wie wenn jemand zu Besuch kam? Hallo, schön daß du gekommen bist. Fühl dich wie zu Hause! Na, wenn es Jamie wäre, hätten sie bestimmt schon angefangen, sich zu balgen. „Was wäre, wenn meine Mutter jetzt hereinkäme? Was glaubst du, würde sie dazu sagen?"
„Sie würde sich wundern."
Das war gut. Es gefiel ihm, daß sie nicht aus der Ruhe zu bringen war. „Meine Mutter würde geradewegs durchs Dach gehen. Wummm!" Er ahmte Raketengeräusch nach. „Supermama würde mit ihren starken Armen voran, gefolgt von ihrem Superkopf, das Dach durchbohren." Er sah Lisa an. Sie lachte.
Lisa legte ihre Hand über seinen Mund. „Pst."
Am liebsten hätte er zugebissen. Fast hätte er es getan, aber dann beherrschte er sich. Naja, wenn es Jamie gewesen wäre...
Lisa saß neben ihm, und sie unterhielten sich leise. „Ich weiß immer noch nicht, wie du diesen Kerl flachgelegt hast", sagte sie.
„Mach ich gerne noch einmal", sagte er und hob den Arm, um ihr seine Muskeln zu zeigen. „Sam, der Bär, zu deinen Diensten."
„Wie kommt es bloß, daß sich nur Jungs, die ich nicht mag, für mich interessieren?"

„Das passiert Jungs genauso. Da ist zum Beispiel ein Mädchen, das mir dauernd hinterher läuft. Für sie scheint ‚Nein' ein Fremdwort zu sein."
„Warum gefällt sie dir denn nicht?"
„Sie ist zu dick."
„Dickerchen, ich hätte nie gedacht, von dir so etwas zu hören. Hast du dich schon mal mit ihr unterhalten? Weißt du, wie sie ist? Vielleicht ist sie ganz interessant."
„Wahrscheinlich ist sie ganz widerlich."
„Magst du denn Mädchen überhaupt?"
„Klar, was glaubst du denn?"
„Naja, weil du dich so merkwürdig benimmst. Gibt es irgendein bestimmtes Mädchen?"
„Ja."
„Wer ist es? Wie sieht sie aus?"
„Ein bißchen wie du." Mehr wollte er nicht dazu sagen. Er hatte sowieso bereits zu viel gesagt.
„Unterhältst du dich mit ihr?"
„Manchmal."
„Und?"
„Nichts weiter", sagte er. „Thema beendet."

26

LISA

Am nächsten Tag gab es einen Schneesturm. Als Lisa aus dem Fenster blickte, konnte sie überhaupt nichts erkennen. Die Stufen, der Hof, die Büsche, alles war unter einer Schneedecke begraben. Es schien, als ob die ganze Straße in eine abgelegene arktische Tundra versetzt worden sei. Ihr anderes Leben mit ihrer Mutter zu Hause, ihr richtiges Leben, schien weit weg und völlig unwirklich.

Sie wollte mit jemandem reden und rief Peggy an. Sie erzählte ihr, was mit ihrer Mutter passiert war. Peggy sprach mit ihr über Stressfaktoren im Leben und warum Menschen bestimmte Sachen machen. Es war Peggys Idee, bei all den verschiedenen Stellen und Unterkünften für Frauen nachzufragen, ob Lisas Mutter dort sei.

Drei Tage lang stürmte es, der Wind heulte ums Haus, und der Schnee türmte sich in langen regelmäßigen Haufen quer über der Straße. Die ganze Straße war unpassierbar. Onkel Steve konnte nicht einmal zur Arbeit gehen. Er sauste dauernd die Treppe hinauf und hinunter, und stopfte Lappen und Zeitungen in die Ritzen und Spalten der Fenster. Er kontrollierte immer wieder die Heizung und schrie jeden an, der die Tür öffnete. Tante Renee ließ die Jalousien unten, die Vorhänge zugezogen und die Lichter an. Es war wie das Leben in einem Käfig. Der Fernseher lief von morgens bis abends. Wenn Lisa das Beisammensein nicht mehr ertragen konnte, zog sie sich all ihre Kleidungsstücke an, probierte so lange an der Haustür, bis sie sie aufbekam, und versank in Schneeverwehungen bis zur Taille.

Sie, Sam und Robyn spielten viel Schach und Dame. Adam machte alle verrückt, indem er Räuber-Derby spielte, das bedeutete, daß er mit seinen Autos so schnell fuhr, wie er konnte, und in jeden hineinraste, der ihm in den Weg kam. Sam trieb sie allerdings noch mehr zum Wahnsinn mit seinen Diätideen. Er schäumte Milchpulver und Diätcola im Mixer auf. Dann kombinierte er das ganze mit Bananen, Karotten und Eierschnee. Es war nicht einmal allzu schlimm, bis er Sirup dazu gab und jeden nötigte, es zu probieren.

Lisa nahm einen Schluck und gab es zurück. „Sam, das könnte das erste Rezept im Kochbuch mit dem Titel ‚Essen ist widerlich' sein."

Robyn weigerte sich, das Glas überhaupt in die Hand zu nehmen. „Wenn ich es nur ansehe, wird mir schon schlecht."

Ihre Schwester schien jeden Tag wieder mehr sie selbst zu sein. Und doch, wenn sie alleine waren, gab es nur ein Thema: Wo war Mama? Wie ging es ihr? Wann kam sie nach Hause? Würden sie hier zur Schule gehen müssen? „Ich möchte hier nicht für immer wohnen", sagte Robyn.

Lisa bemerkte, daß ihre Tante und ihr Onkel kaum über ihre Mutter sprachen. Sie verbrachten viel Zeit damit, aufeinander herumzuhacken. Es schien, als ob Onkel Steve zu allem, was Tante Renee meinte, die gegenteilige Meinung hatte. Sie wollte, daß alle die Unordnung in Grenzen hielten, indem sie alles immer sofort wegräumten. Seine Einstellung war: Warum sich darüber aufregen?

„Zeitschriften sollten ordentlich auf einem Stoß geschichtet sein. Ich mag keine Zeitschriften, die aussehen wie zerknitterte Wäsche."

„Na, dann bügle sie doch", sagte Onkel Steve und warf eine Zeitschrift hinter sich.

„Ihr Chaoten", schrie Tante Renee. „Alles wird jetzt aufgeräumt. Sam, hol den Staubsauger. Lisa, stell das Geschirr in die Spüle. Adam und Robyn, Schuhe und Stiefel zur Garderobe. Und schmeißt sie nicht. Stellt sie ordentlich auf."

„Ja, wir wollen doch keine zerknitterten Schuhe, nicht wahr?" rief Onkel Steve vom Sofa aus.

„Was ist dein Problem? Was machst du denn schon?“ fuhr Tante Renee ihn an. „Außer daß du herumliegst und so tust, als ginge dich alles nichts an?“
„Ich habe Ferien“, erklärte er.
„Wenn das so ist, warum habe ich denn dann keine Ferien?“ Von diesem Moment an sprach Tante Renee nur noch darüber, daß sie in den Süden wollte, heraus aus dem Winter. „Irgendwohin wo es warm und sonnig ist und kein Schnee liegt. Vielleicht nach Florida. Nein, das ist zu weit. Ich denke, ich fahre einfach los, bis ich den Schnee hinter mir habe. Wenn die Schneepflüge morgen hier waren, fahre ich. Du gehst zur Arbeit und ich fahre ans Meer.“
„Was ist mit den Kindern?“
„Die kommen mit mir.“
Tante Renee begann noch in der Nacht zu packen. Lisa wußte nicht, was sie davon zu halten hatte. War es nur Theater? Spielte sie ihnen etwas vor? Konnte es wirklich ihr Ernst sein? Am nächsten Morgen, als ob Tante Renee es bestellt hätte, war der Sturm zu Ende, die Schneepflüge kamen durch, und sie wurden alle ins Auto gepfercht und fuhren los.
Lisa saß mit Robyn und Adam hinten, ihre Rucksäcke unter den Füßen. Sam saß vorne bei seiner Mutter. Pepo war glücklicherweise bei Onkel Steve gelassen worden.
„Da hab ich ja wirklich eine angenehme Gesellschaft“, sagte Onkel Steve, als er ihnen zum Abschied zuwinkte.
„Vielen Dank für das Kompliment“, sagte Tante Renee.
Onkel Steve verbeugte sich. „War mir ein Vergnügen.“
Tante Renee fuhr stundenlang. Jeder Vorschlag, daß sie doch anhalten könnten, wurde von ihr zurückgewiesen. „Halt“, sagte Sam dann und wann. „Dort ist ein Wasserloch, Mama.“ Aber Tante Renee hinter dem Steuer war rastlos. „Ich möchte dort ankommen, wo ich hinmöchte.“
Lisa döste vor sich hin, las oder sah aus dem Fenster. Manchmal schienen sich die Bäume und Häuser zu bewegen, nicht

das Auto. Einmal fuhr eine lange schwarze Limousine langsam vorbei, und sie stellte sich vor, daß ihre Mutter hinter den verspiegelten Scheiben saß und zu ihr hinüberlächelte, während sie vorbeifuhr. Ihre Gedanken glitten dahin und sie fiel in eine Art Wachtraum, daß ihre Mutter in einem Auto dahinfuhr – oder war es ein Schiff auf einem Fluß? Sie sah das ungekämmte Haar ihrer Mutter vor sich, wie der Schatten von Blättern auf ihr Gesicht fiel, ihre kleinen warmen Hände und ihre leuchtenden Augen, die Lisa ansahen.

Es war spät, als sie endlich ankamen. Sie waren alle müde und ganz krumm von der langen Autofahrt. Sie staksten vor dem Motel herum. Es wehte ein schneidender Wind. Robyn lehnte sich schaudernd an Lisa. Hier gab es zwar keinen Schnee, aber warm war es auch nicht.

„Hört doch!" rief Tante Renee und reckte den Kopf hoch.

Es war ein langsames, regelmäßig wiederkehrendes Geräusch. Es hob und senkte sich wie der Atem eines Monsters. Wellenartig. Es war das Meer, ein unbestimmtes, formloses Ding, das weder Land noch Himmel war.

„Riecht doch nur das Meer", rief ihre Tante. „Das ist das wahre Leben!" Und jeder mußte lauschen und tief durch atmen, bevor sie in ihre Motelzimmer durften.

„Es stinkt, Mama", sagte Adam.

Ihre Tante hatte zwei Zimmer genommen. „Die Jungs in ein Zimmer und die Mädchen ins andere", verkündete sie. Wenn es nach Lisa gegangen wäre, so hätte sie die Zimmer nach Familienzugehörigkeit verteilt. Aber natürlich sagte sie keinen Ton. Ihre Tante zahlte schließlich. Lisa führte jedoch eine Liste. Wenn ihre Mutter erst wieder da war, würden sie ihrer Tante und ihrem Onkel alles zurückzahlen, bis auf den letzten Penny.

Der Geruch des Meeres hing auch in den Zimmern und auf dem Boden und in den Betten lag Sand. Die Zimmer selbst waren in gelb gehalten und recht einladend, mit doppelbreiten Betten, einem Fernsehgerät, das auf dem Schreibtisch stand wie eine Umzugskiste, und zwei bedrohlichen Lampen. Man hätte jemanden den Schädel einschlagen können mit einer dieser Lampen.

Ihre Tante nahm das eine Bett, und sie und Robyn das andere. Lisa lag auf der Seite. Im Kopf fuhr sie immer noch, sah sie die Landschaft vorbeifliegen. Sie lag da mit offenen Augen und beobachtete, wie ein Lichtstrahl über die Wand wanderte und verschwand. Dann wanderte er wieder über die Wand. Sie wußte, daß sie nicht schlafen würde.

Am nächsten Morgen erwachte Lisa mit dem Wort „Allerdings" im Kopf. „Allerdings", sagte sie zu sich und lächelte. Es war so ein merkwürdiges, nettes Wort. Sie hatte davon geträumt, Tennis zu spielen und sich Sorgen gemacht, daß ihre Beine in weißen Shorts zu kräftig sein könnten, aber dann hatte es sich herausgestellt, daß Andrew Mädchen mit kräftigen Beinen mochte. Oh, er war sehr angetan von Mädchen mit kräftigen Beinen.

„Allerdings!" murmelte sie.

Als sie an diesem Morgen hinausgingen, war die Luft schwer und dicht und hing über ihnen wie ein nasses, graues Tuch. Robyn zitterte unter zwei Pullovern und einer Nylonjacke. Das Motel war fast leer. Es standen nur wenige Autos davor von Leuten aus anderen Gegenden, die unerfahren genug waren, um zu dieser Jahreszeit hierher zu kommen.

„Zuerst an den Strand", ordnete ihre Tante an. „Dann frühstücken wir."

„Warum frühstücken wir nicht zuerst", wandte Sam ein. Die Hände hatte er in die Taschen gesteckt und seine blaue Baseballmütze tief in die Augen gezogen. „Niemand möchte an den Strand gehen, Mama, nur du. Es ist zu kalt."

Aber Tante Renee stapfte mit Adam und Robyn im Schlepptau durch den Sand. Lisa folgte ihnen, und hinter ihr ging Sam. Er sang: „Das ist das wahre Leben. Hier ist es

wirklich warm. Ich kann es gar nicht erwarten, endlich ins Wasser zu kommen."
„Seht mal", rief ihre Tante aus. „Sieh mal, Adam. Sieh mal, Robyn. Schaut euch die kleinen schäumenden Wellen an. Seht nur die winzigen Vögel und ihre langen Beine."
Weiße Möwen segelten aus dem grauen Himmel heraus und verschwanden wieder. Ihre Tante lief auf der Stelle, streckte ihre Arme aus und rief: „Bewegt euch. Wir müssen alle in Form kommen, stimmt's Kinder?"
In einem kleinen Restaurant an der Hauptstraße frühstückten sie. Es war das einzige Lokal, das geöffnet war. Alle Einheimischen waren dort. Tante Renee führte ihre Herde in eine Nische, ihr Gesicht war vom Wind gerötet. Sie lehnte sich zu Lisa. „Ich liebe diese kleinen ursprünglichen Plätze, du nicht auch?"
Lisa nickte und sah auf die Speisekarte. Sie hatte das Gefühl, eine Lügnerin zu sein, denn sie fand ganz und gar nicht, daß das ein netter Ort war. Er hatte keinen Reiz und war auch nicht ursprünglich. Die Ausstattung – Fischernetze und Hummerreusen – war falsch und gekünstelt und kam wahrscheinlich aus Taiwan oder Korea.
„Ist jeder soweit, daß wir bestellen können?" fragte Tante Renee. „Aber bestellt euch etwas Vernünftiges. Ich möchte, daß ihr alle als erstes frischgepreßten Orangensaft trinkt."
Tante Renee erinnerte Lisa an Secret Valley, das Ferienlager, in das sie schon jahrelang fuhr, und Pebbles, die fröhliche Direktorin, von der die Kinder behaupteten, sie bewahre ihr Lächeln beim Schlafen in einem Glas auf dem Nachtkästchen auf.
„Wie gerne würde ich am Meer leben", sagte Tante Renee. „Du nicht auch, Lisa?" Sie schnitt Adams Armen Ritter in kleine Stücke. „Keine Stiefel, keine Handschuhe, keine Hüte oder schwere Jacken. Keine Erkältungen. Keinen Schnupfen. Keine Taschentücher."
„Auch keinen Job", sagte Sam. „Das ist das Problem."

„Warum Problem? Warum muß es immer ein Problem sein? Du hörst dich genau wie dein Vater an. Weshalb muß immer alles ein Problem sein? Fisch ist billig. Wir würden in einem kleinen Strandhaus wohnen und die meiste Zeit draußen sein. Wir würden einen Garten haben. An Orten wie diesem, wo Leute herkommen, um Urlaub zu machen, gibt es immer Arbeit."

„Wo würden wir zur Schule gehen?" fragte Robyn.

„Ach Liebes, Schulen gibt es überall. Es würde dir hier gefallen. So viel Platz zum Spielen und Herumtollen. Wir würden ein Boot haben und alle zusammen fischen gehen."

„Ich möchte nie an einem solchen Ort leben", brach es aus Lisa heraus. Daß ihre Tante so tat, als ob sie und Robyn für immer bei ihr leben würden, hatte sie schwer getroffen. „Was gibt es hier schon, vom Meer abgesehen? Die Leute kommen nur hierher, um sich nebeneinander am Strand aufzureihen und verbrennen zu lassen. Dazwischen stopfen sie sich voll. Es ist eine kulturelle Einöde."

Tante Renee lachte laut auf. „Das ist großartig. Kulturelle Einöde. Du hörst dich an wie deine Mutter. Und auch wie deine Großmutter. Kulturelle Einöde. Oh, das finde ich toll. Du hast recht. Wo sind hier die Kinos?"

Lisa lächelte gezwungen. War es wirklich möglich, daß ihre Mutter und ihre Tante aus der gleichen Familie stammten?

Als sie aufstanden, legte ihre Tante die Arme um Lisa. „Entspanne dich doch mal, Schätzchen. Hör auf, die ganze Zeit daran zu denken. Versuch, das beste aus den Ferien zu machen."

Lisa stieß ihre Tante weg. Es war ein Reflex. Als ob sie eine Schlange, die sich um ihren Hals gelegt hatte, abschütteln wollte. Ihre Tante zuckte mit den Schultern und verließ das Lokal. Sie ließ Lisa mit dem Gefühl zurück, ein undankbares Balg zu sein.

Später hob sich der Nebel, und sie gingen zurück zum Strand. Ihre Tante lag auf dem Rücken in der Sonne. Arme

und Beine ausgestreckt, seufzte sie wohlig. Lisa und Sam liefen am Strand entlang und tauschten ab und zu eine Muschel oder ein Stück gebrochenes Glas.
Als die Sonne höher stieg, schienen die Entfernungen zu verschwimmen. Der Strand und das Land schienen aufzusteigen und über dem Wasser zu schweben, als ob es keinen Horizont mehr gäbe, keinen Unterschied zwischen Himmel und Erde. Als Lisa zurück sah, konnte sie gar nicht mehr erkennen, wo sie hergekommen waren.

27

SAM

An diesem Abend machten Sam und Lisa ein Feuer am Strand. Es blies ein beißender Wind vom Meer herein, und sie trugen Pullover und Jacken, als sie Treibholz für das Feuer sammelten. Dann packten sie das Essen aus und zogen einen Tisch heran. Es gab heiße Würstchen und getoastete Brötchen in Alufolie. Dazu Kartoffelchips und Senf. Tante Renee hatte einen großen Salat gemacht. Später fragte Sam Lisa, ob sie noch ein Stück mit ihm am Strand entlang ginge. Sie schlenderten am schäumenden Meer entlang. Der Mond schien trübe und es wehte weiter ein kühler Wind. Lisa hatte ihre Hände tief in die Jackentaschen vergraben. Sam zog die Schuhe aus und lief in der Brandung. „Ist es kalt?" fragte sie. Es war eiskalt, aber er sagte: „Ich spüre gar nichts."

„Idiot", sagte sie.

Eine Weile ließen sie Steine über das Wasser tanzen, dann ging es darum, wer die Steine am weitesten werfen konnte. Wer brachte das Gespräch aufs Küssen? Vielleicht war es Lisa. Sie und Sam saßen auf einem langen, glatten Balken, den sie aus dem Meer geholt hatten. „Wenn ich dieses Holz so spüre, fällt mir jemand ein", sagte sie.

Sam ließ seine Hand über die weiche Oberfläche des Holzes gleiten und dachte an die langen glatten Griffe der Tennisschläger. „Ich weiß, an wen du denkst", sagte er.

„An wen?"

„Du weißt schon. An den großen."

Sie zuckte mit den Schultern.

Er fragte: „Hat er dich geküßt?"

„Wir haben uns nur die Hände geschüttelt."

 Sam streckte seine Hand aus. „Zeig es mir."

Sie nahm seine Hand und sah sie an. „Nett, dich kennenzulernen."
„Sagen wir Hallo oder Aufwiedersehen?"
„Spielt es eine Rolle?" Sie hielt seine Hand, drehte sie um und studierte seine Handfläche. „Es ist eine nette Hand", sagte sie.
„Es ist nur eine Hand", sagte er und das Herz klopfte ihm bis zum Hals.
„Nein, es ist eine nette Hand", sagte sie.
„Hast du eine Vorliebe für Hände?"
„Vielleicht. Ich mag jedenfalls gerne deine Hand halten."
„Laß mich deine halten", bat er.
Aber sie weigerte sich. Stattdessen hielt sie sie hoch, damit er sie ansehen konnte.
Er zählte ihre Finger. „Du hast zehn Finger und fünf Ringe." Er war aufgeregt, deshalb benahm er sich komisch. Oder wie ein Idiot. „Drei silberne Ringe an deiner linken Hand und zwei silberne Ringe an der rechten. Und sieh dir nur diesen hübschen kleinen Ring an!" Er zog ihn ab, es war ein in Silber gefaßter Türkis, und versuchte, ihn über seinen Finger zu ziehen. Er paßte nicht darauf, und so steckte er ihn auf ihren Finger zurück, vorsichtig, mit viel Aufmerksamkeit.
Sie saßen da und lauschten dem Schlagen der Wellen.
„Und was weißt du über Mädchen?" fragte sie.
„Nicht viel. Ich sollte mehr wissen."
„Hast du schon mal ein Mädchen geküßt, Sam? Bist du schon einmal geküßt worden?"
Er streckte seine Füße aus und vergrub sie im Sand. „Ich bin wahrscheinlich etwas zurückgeblieben."
„Was ist mit diesem Mädchen... Jamie? Ich dachte du und sie..."
„Ach! Die Porno-Königin! Warum fragst du nach der?"
„Ich dachte, sie mag dich."
„Das ist es ja. Sie tut, als ob ich ihr Eigentum wäre."
„Du gefällst den Mädchen."

„Ist mir noch nie aufgefallen", sagte er. Er wollte, daß diese Unterhaltung ewig dauerte. „Was meinst du damit?"
Sie legte den Arm um seine Schultern. „Dichtes Haar", sagte sie. „Das ist sehr anziehend."
Er war ziemlich durcheinander. Er konnte kaum still sitzen, aber er hatte Angst, aufzustehen und das Spiel damit zu beenden.
„Möchtest du mir vielleicht etwas beibringen?" sagte er. Lisa war so nahe bei ihm, hier gleich neben ihm. Er blickte hinaus aufs Meer, wagte nicht, sie anzusehen.
Sie zog ihn am Ohr. „Paß mal auf. Du bekommst ein paar fachfrauliche Ratschläge. Nummer eins: Küssen ist sehr schön. Aber du darfst nicht zu fest drücken, wenn du küßt. Und auf keinen Fall fummeln. Es gab mal einen Jungen, mit dem bin ich drei Tage gegangen, als ich in der siebten war. Er hatte schöne Augen. Aber wenn wir zusammen weggingen, verwandelte er sich in einen Fummler. Ich möchte, daß du auf deinen Händen sitzt."
„Du meinst, jetzt?" fragte er. „Oder wenn ich ein Mädchen küsse?"
„Jetzt. So lernst du es richtig." Sie legte ihre Lippen auf seine.
„Machst du es so mit dem Tennislehrer?"
„Ich wünschte, es wäre so." Sie lehnte sich zurück. „Jetzt bist du dran."
Er beugte sich zu ihr und preßte seine Lippen auf ihre. Es war ein Schock. Er war in den letzten Minuten so aufgedreht worden, daß er das Gefühl hatte, unter Hochspannung zu stehen.
„Ich sagte, nicht zu fest drücken. Du paßt nicht auf, Sam." Und sie zeigte es ihm noch einmal, legte ihre Lippen ganz leicht auf seine, berührte sanft seinen Mund.
Er wich zurück und rieb sich fest über die Lippen.
„Was ist los?" fragte sie. „Gefällt es dir nicht?"
„Es kitzelt."
Sie küßten sich wieder. „Gut", sagte sie. „Das war ein guter Anfang."

„Ich brauche noch mehr Übung.“

Sie bückte sich und band ihre Schnürsenkel. „Übe bei Jamie weiter.“

Als sie zurückliefen, nahm sie seine Hand. Er tanzte von ihr weg und wieder zu ihr hin.

„Wenn du Jamie wieder siehst, kannst du ihr sagen, daß du bereit für sie bist.“

Er tanzte zu Lisa. „Für Jamie und jedes andere Mädchen auf der Welt.“

28

LISA

Am Nachmittag des letzten Tages spielten sie Minigolf. Lisas Tante spielte mit Robyn und Adam. Lisa und Sam spielten für sich. Wegen der Bemerkung über ihre Mutter neulich war Lisa immer noch steif und zurückhaltend ihrer Tante gegenüber. „Paß mal auf", verkündete Sam. „Ich werde den Ball mit einem Schlag ins Loch befördern. Dieses Spiel kann ich im Schlaf. Eigentlich brauche ich ein Hindernis extra."
„Sei nicht so rücksichtsvoll", meinte Lisa. „Ich möchte keinen Vorteil haben." Sie verriet ihm nicht, daß sie und ihre Eltern viele Stunden am Golfplatz verbracht hatten. Und Minigolf unterschied sich nicht sehr davon. Er war immer so von sich überzeugt, daß es wirklich Spaß machte, ihn zu schlagen.
Später, als sie Saft tranken, sagte Sam, er fände Minigolf eigentlich langweilig. „Es ist jedenfalls kein richtiges Spiel. Man kann nicht ausholen. Es ist für kleine Kinder und alte Damen."
Lisa lächelte nur. Ihre Tante saß neben ihr, sie hielt das Gesicht mit geschlossenen Augen in die Sonne. Die Sonne ließ alle Farben leuchten. Das Grün des kleinen Rasenstücks. Die weißroten Umrandungen der Löcher. Den blauen, wolkenlosen Himmel.
Sam las Lisa vor, was auf seiner Dose stand: „Kein Zucker. Keine Kalorien. Kein Fett." Er klopfte sich auf den Bauch. „Ich fühle richtiggehend, wie er kleiner wird. Immer kleiner, kleiner und kleiner."
„Sam, laß mich mal trinken." Tante Renee streckte mit geschlossenen Augen die Hand aus.
Lisa reichte ihr die Dose. Ihre Hände berührten sich.

„Oooh." Tante Renee fuhr zurück. „Du hast mich berührt." Sie hielt die Hand über die Augen, um sich gegen das Sonnenlicht abzuschirmen und sah zu Lisa.
„Es tut mir leid, wegen neulich, Tante Renee."
„Was tut dir leid?" Ihr Arm legte sich um Lisa. „Ach das! Solche Sachen machen mir nichts aus. Ich weiß, wie Kinder sind. War ich nicht selbst einmal eines? In einem Moment ist es Liebe und im nächsten Haß, und dann wieder reine Liebe." Ihre Tante drückte sie an sich. Lisa fühlte sich in den Armen ihrer Tante gefangen. Sie wollte sich herauswinden. Aber dann ließ sie die Umarmung zu. Ließ sich einfach fallen und schmiegte sich in die Arme ihrer Tante. Es fühlte sich so gut an, gehalten zu werden.

Später war sie allein am Strand. Sie dachte nicht viel nach. Es ging ihr gut, was nicht sehr oft der Fall war. Da war zwar diese schmerzende Stelle in ihrem Herzen, aber sie rührte nicht daran. Es war wie mit einem fehlenden Zahn. Wenn man nicht mit der Zunge daran kam, konnte man fast vergessen, daß das Loch überhaupt da war.
Es war ein herrlicher Abend, der einen alles vergessen lassen konnte. Der Mond stieg auf, der Strand war leer, die Luft weich wie Samt. In der Nähe des Meeres hatte die Luft Gewicht, sie legte sich um Lisa wie eine leichte Decke. Es war einfach gut, hier zu sein. Ihre Gedanken kamen zur Ruhe wie der Ozean, der in langen trägen Wellen auf sie zurollte und wieder zurückwich. Für einen Augenblick war es so, als ob sie und der Ozean gemeinsam atmeten.

29

SAM

Am ersten Schultag gingen Sam und Lyn in die Turnhalle und trainierten eine Weile. Sie rannten und traten kräftig in die Pedale der Standfahrräder. Dann ließen sie sich auf die Matten fallen und sprachen über die nächsten großen Ferien. Die Radtour im Frühling stand immer noch ganz oben auf der Tagesordnung.

„Wer hat dich denn in den Fingern gehabt, Witkin?“ Sam fuhr mit den Fingern durch Lyns Haar. „Du siehst aus, als ob du unter den Rasenmäher gekommen wärst.“

„Du siehst auch nicht sehr gesund aus, Greene. Du wirst immer dünner.“

Sam hob die Beine über den Kopf und kam hinter dem Kopf damit auf. „Wenn du das nächstemal zu mir hersiehst, bin ich verschwunden wie der Große Unsichtbare.“

„Ist deine Cousine wieder zu Hause?“ fragte Lyn nach einer Weile.

„Nein, sie ist immer noch zu Besuch.“ Das war zwar nicht die ganze Wahrheit, aber niemand außer der Familie und Peggy wußte, daß Tante Nancy vermißt wurde. Lisa würde nie mehr ein Wort mit ihm reden, wenn er ein Wort darüber verlöre, also wechselte er das Thema.

Seine Großeltern waren gleich nach ihrer Ankunft aus Spanien zu ihnen gekommen. Großmutter sagte ständig: „Warum hat uns denn niemand etwas von Nancy erzählt?“ Sie konnte gar nicht glauben, wie lange Tante Nancy schon weg war. „Warum habt ihr uns bloß nichts gesagt?“

„Wir wollten euch nicht die Ferien verderben“, erklärte seine Mutter.

 „Ich komme einfach nicht darüber hinweg, daß wir uns amü-

siert haben, während hier diese Katastrophe geschehen konnte. Renee, es ist unverzeihlich, daß du uns das nicht sofort hast wissen lassen."
„Mama, das ist wirklich das Blödeste, was ich je gehört habe", antwortete seine Mutter. „Welchen Unterschied hätte es denn gemacht, wenn ich es euch erzählt hätte?"
Großvater war ganz aufgeregt. „Ich verstehe nicht, weshalb meine eigene Tochter nicht zu mir gekommen ist, als sie Hilfe brauchte."
„Zu uns ist sie auch nicht gekommen", sagte seine Mutter. Es war schon ein merkwürdiger Familienrat, der da tagte. Jeder redete, und niemand hörte zu. Zuerst wollten seine Großeltern Lisa und Robyn mit zu sich nehmen, aber dann beschlossen sie, es sei für die beiden besser, wenn sie blieben und hier zur Schule gingen. Lisa hielt sich heraus. Alles, was sie sagte, war: „Es ist mir egal. Es ist sowieso nur, bis Mama wieder zu Hause ist."

Lisa wartete nach der Schule auf ihn und sie liefen zusammen nach Hause. Sam war stolz und schwenkte dabei ganz lässig die Schultern. Lyn sah sie und winkte, und Sam winkte zurück. Die halbe Schule mußte sie sehen, einschließlich Jamie.
„Dort ist das Mädchen, von dem ich dir erzählt habe", sagte er zu Lisa, „die, für die ‚Nein' ein Fremdwort ist." Mehr konnte er nicht sagen, denn Jamie kam auf ihn zu wie ein wütender Stier. Sam wich zurück, versuchte, ihr auszuweichen. Es war wirklich komisch. Er tänzelte hin und her. Jamie faßte nach ihm. Er drehte sich zur Seite, um ein kleineres Ziel abzugeben.
Er konnte gar nicht glauben, daß sie sich wirklich so vor Lisa benahm. Er faßte ihre Hände. „Hör mal", sagte er. „Kannst du jetzt vielleicht aufhören, dich wie eine Verrückte zu benehmen?"
Sie riß sich los und schlug nach ihm. „Wer ist die da?"

„Das ist meine Cousine.“ Er langte an seine Nase, um herauszufinden, ob er blutete. „Ich bekomme so leicht Nasenbluten“, sagte er.
„Woher weiß ich, daß sie wirklich deine Cousine ist? Sie sieht nicht so aus.“
„Ich bin aber seine Cousine“, sagte Lisa.
Jamie musterte Lisa. „Ich hab dich noch nie hier gesehen. An welcher Schule bist du?“
„High School.“
„Oh! Tatsächlich?“ Sie schien beeindruckt, daß Lisa an der High School war. „Sie ist älter als du, Sam.“
„Gratuliere, daß du das herausgefunden hast.“
Jamie legte den Arm um Sam. „Wie geht es deiner Nase?“
„Nicht der Rede wert“, sagte er und machte sich los.
„Da siehst du, was passiert, wenn du mir nicht sagst, was los ist. Wie kommt es, daß du mir nie erzählt hast, daß du eine Cousine hast? Du hast mir überhaupt noch nie etwas von deiner Familie erzählt.“
„Ist es dir jemals in den Sinn gekommen, daß dich das nicht zu kümmern braucht?“
„Oh, oh, oh, du bist sicher auf mich böse, weil ich so grob zu dir war. Wahrscheinlich willst du jetzt nicht mehr mit mir ausgehen.“
„Die Karte behält ihre Gültigkeit.“
„Behält ihre Gültigkeit? Willst du mich schon wieder vertrösten?“
„Die Karte behält ihre Gültigkeit, bedeutet, das Spiel fällt aus, aber du kannst die Karte das nächste Mal benutzen.“
„Danke für die Erklärung. Dann sind wir also verabredet. Wohin gehen wir denn?“
„Irgendwohin.“
„Wann?“
„Irgendwann.“ Er wandte sich zu Lisa. „Gehen wir.“ Er hatte das Gefühl, daß sie sich über diese kindischen Albernheiten amüsierte. Etwas traf ihn im Rücken. Jamie hatte eine Haar-

bürste nach ihm geworfen. Lisa lachte offen heraus. „Jetzt siehst du, was ich meine“, sagte er.
Jamie kam ihnen nach, um ihre Haarbürste zu holen. Er reichte sie ihr mit einer übertriebenen Verbeugung. „Ich glaube, du hast das hier verloren.“
Sie holte damit zu einem Schlag nach seinem Kopf aus, begann aber stattdessen, sein Haar zu bürsten.
Er wehrte sich. „Hör auf.“
„Er ist ja so empfindsam“, sagte Jamie zu Lisa. „Deshalb liebe ich ihn auch.“

30

LISA

Ihre Mutter rief am frühen Nachmittag an. Tante Renee und Onkel Steve waren mit Adam und Robyn zum Einkaufen gefahren. Der Fernseher lief, und Sam schrie Lisa zu, sie solle ans Telefon gehen.

„Lisa? Hier ist Mama."

„Mama", sagte sie und brachte nichts mehr heraus. Mit ihrem Körper war irgend etwas passiert. Er fühlte sich ganz taub an, und sie bekam eine Gänsehaut, danach kam eine richtige Hitzewelle.

„Möchtest du zu mir kommen?" fragte ihre Mutter.

„Mama, wo bist du? Wo warst du denn?"

Ihre Mutter gab Lisa die Adresse eines Hotels in der Vierundvierzigsten Straße in New York.

„Warte, Mama." Wo war Papier? Sie kritzelte die Adresse auf ein Stückchen Pappkarton. Dann sagte sie: „Mama, sag mir noch einmal, wo du bist."

Sie wäre am liebsten sofort zu ihrer Mutter gerannt, aber sie hatte Angst aufzulegen. Sie spürte, wie empfindsam und zerbrechlich alles noch war, fühlte die Unsicherheit ihrer Mutter und die Unsicherheit der Verbindung. Sie hatte Angst, wenn sie auflegte, würde ihre Mutter wieder verschwinden. Sich in Luft auflösen.

„Es ist spät", sagte ihre Mutter. „Vielleicht ist es zu spät. Ich hätte dich so spät nicht anrufen sollen."

„Mama, nein, es paßt wunderbar. Ich komme sofort." Sie wollte nicht mehr warten. Sie hatte bereits so lange gewartet. Sie war schon ganz betäubt von dem langen Warten. „Wie geht es dir, Mama? Du bist doch nicht krank, oder?"

„Mein Liebes, ich weiß es wirklich nicht."

„Ich komme, Mama."
Lisa legte auf und rief Sam. Sie wußte nicht, warum sie ihn rief. Sie brauchte ihn einfach. Dann rannte sie ohne Handschuhe oder eine Mütze aus dem Haus.
Der Zug nach New York kam. Sie standen auf dem Bahnsteig hoch über der Straße. Sie hörten den Zug in der Ferne. Jetzt kam er.
„Es wird spät sein, wenn wir endlich in der Stadt sind", meinte Sam.
Lisa spürte, wie ihr der Wind das Haar vom Hals wegblies. Sie glühte. Sie hielt das Stückchen Pappe mit der Adresse ihrer Mutter an ihre Wange.

31

SAM

„Es ist ein ziemlich lausiges Hotel“, bemerkte er.
„Sag nichts!“ Als sie losgegangen waren, hatte Lisa ihn gebeten, nichts zu sagen. Sie wollte nur, daß er da war, ihr den Rücken stärkte. „Nur für denn Fall, daß meine Mutter nicht da ist. Dann brauche ich jemanden, bei dem ich mich ausheulen kann. Okay? Verstehst du?“
„Klar.“ Und es war doch ein lausiges Hotel. Der Teppich war verschlissen. Die Wände hatten Risse und sahen aus, als ob sie seit hundert Jahren nicht mehr gestrichen worden wären, und der Aufzug brauchte noch einmal hundert Jahre, um in den dritten Stock zu gelangen. Sam konnte nicht glauben, daß seine schöne, vornehme Tante in diesem Loch wohnte.
„Mach dir keine Sorgen“, hatte er zu Lisa gesagt. „Sie wird da sein.“
„Ich mache mir keine Sorgen.“
„Es wird alles gut werden.“
„Was erzählst du mir denn dauernd, Sam? Du bist überhaupt keine Hilfe.“
Er wollte etwas erwidern, aber als er sah, wie nervös sie war, sagte er doch nichts.
Lisa hielt vor einer Tür, die noch dunkler und schmutziger schien als jede andere Tür. Sie klopfte.
Es war schwer für Sam, still zu bleiben, nichts zu sagen. Die geschlossene Tür hatte eine ganze Reihe von Gedanken bei ihm ausgelöst. Wer war dahinter? Standen sie vor dem richtigen Zimmer? Wie konnten sie wissen, ob es wirklich seine Tante war? Und wenn sie verrückt war? Vielleicht würde sie anfangen zu schreien, wenn sie sie sah, oder mit einem riesi-

gen Messer auf sie zurennen oder womöglich aus dem Fenster springen.

Die Tür wurde geöffnet. Sie hatten anscheinend tatsächlich an der falschen Tür geklopft. Die Frau, die da stand war winzig. Sie sah aus wie ein junges Mädchen, weite Hosen, ein Sweatshirt, das Haar in einem Pferdeschwanz. Sie hätte eines der Mädchen aus Sams Klasse sein können. Ihr Füße waren nackt und ihre Zehennägel rot lackiert. „Komm herein, Liebes", sagte sie.

Lisa und ihre Mutter standen da und sahen sich an. Wenn es seine Mutter gewesen wäre, dachte Sam, und sie hätte ihn einen Monat lang nicht gesehen, hätte sie ihn gepackt, umarmt und ihn dann wahrscheinlich verhauen.

Tante Nancy gab Lisa einen Kuß auf den Mund, sah sie an und küßte sie noch einmal. Danach sah sie sie wieder an. „Lisa..." Sie strich Lisa übers Haar. „Du bist so hübsch." Seine Cousine sagte gar nichts.

Nach einer Weile schien Tante Nancy Sam zum ersten Mal zu bemerken. Sie klopfte ihm auf die Schulter. Seine Tante war nett, sie machte einen ganz normalen Eindruck. Er hatte etwas anderes erwartet. Eine richtige Vorstellung. Etwas Merkwürdiges.

Das Zimmer war so klein, daß fast kein Platz darin war. Ein einziges Fenster, die Jalousie heruntergelassen. Seine Tante stellte den Fernseher leiser, ließ aber das Bild an. Sie saß auf der Bettkante, hielt Lisas Hand und sah manchmal zum Fernseher.

Sam durchstreifte das Zimmer. Auf einem Tisch stand eine Kochplatte und eine Schachtel Vanillewaffeln. „Bedien dich", sagte Tante Nancy. Er wollte schon erzählen, daß er keine Süßigkeiten aß, doch dann hielt er den Mund. Niemand interessierte sich hier für seine Diät.

Seine Tante machte Tee. „Ich habe nur zwei Tassen." Sie schien sich darüber aufzuregen, daß sie keine dritte Tasse hatte.

„Ich möchte keinen Tee, Tante Nancy.“ Er hatte langsam das Gefühl fehl am Platz zu sein.
„Du siehst größer aus.“ Seine Tante lächelte ihn an. „Du scheinst genauso hübsch wie dein Vater zu werden. Wie geht es Renee?“
„Mama hat diesen Winter zwei Jobs gleichzeitig.“
„Ich weiß gar nicht, wie sie das macht. Ich könnte das nicht. Ich weiß, ich könnte es nicht. Aber meine Schwester, sie akkert einfach so weiter, stimmt's? Sie nickte mit dem Kopf, während sie sprach. Dann fuhr ihre Hand hoch und hielt den Kopf.
„Warum hast du uns denn nicht angerufen, Mama?“ sagte Lisa. „Warum hast du so lange gewartet?“
„Ich weiß nicht, es ist das Telefon. Manchmal habe ich Angst, den Hörer abzunehmen.“
Lisa wandte sich plötzlich zu Sam. „Was machst du hier? Hörst du uns zu? Das ist eine private Unterhaltung.“
„Ich stehe nur hier herum“, sagte er.
„Hör weg! Kannst du dir nicht denken, daß es etwas Persönliches ist? Ist es dir gar nicht peinlich, hier zu sein?“
„Du brauchst mir ja nur zu sagen, daß ich gehen soll“, sagte er. „Und schon bin ich weg.“
„Geh endlich! Muß man dir denn alles sagen? Kannst du nicht auf eine Situation reagieren? Bist du nicht in der Lage, Dinge einzuschätzen und zu merken, wo du fehl am Platz bist? Du bist genauso wie alle in deiner Familie. So sensibel wie ein Backstein.“
Er ging hinaus. Er war verletzt. Was hatte er anderes getan, als das, worum sie ihn gebeten hatte? Er war mit ihr gekommen. Er hatte kein einziges Wort gesagt. Naja, fast keines. Sie benahm sich genauso verrückt wie ihre Mutter.
Er ging den Flur entlang, die Treppe hinunter. Er wollte diesen stinkenden Aufzug nicht benutzen. Er war schon fast draußen, als er sich umdrehte und wieder zurückging.

32

LISA

Ihre Mutter saß da und hielt Lisas Hand, streichelte ihre Finger. Der Blick ihrer Mutter wanderte zum Bildschirm, wo ein Mann und eine Frau ein Zimmer betraten. „Es ist schwer“, sagte sie plötzlich. „Weißt du, was ich meine?“
„Ja“, sagte Lisa. Die Antwort war nicht ganz aufrichtig, aber sie mußte vorsichtig sein, mit dem was sie sagte. Die Wahrheit war, daß sie gar nicht mehr wußte, wie sie mit ihrer Mutter umgehen sollte. Sie wußte nur, daß sie bei ihrer Mutter war. Und nur das zählte.
Seit Wochen hätte ihre Mutter sonstwo sein können, sogar auf dem Mond, sie hätten es nicht gewußt. Aber jetzt wußte Lisa, wo sich ihre Mutter befand. Sie war bei ihr. Sie sprach mit ihr. Sie hielt ihre Hand. Sie kannte die Straße, das Hotel und auch das Stockwerk, auf dem sich das Zimmer ihrer Mutter befand. Ihrer Mutter ging es gut. Naja, nicht richtig gut – noch nicht, das konnte Lisa sehen. Aber es würde ihr bald wieder gut gehen.
„Dieses Zimmer ist so dunkel“, sagte sie. Sie fand, daß es für ihre Mutter nicht gut war, so viel im Dunkeln zu sein. „Ich ziehe die Jalousie hoch.“
„Nein, nicht! Ich mag es so. Es ist so still hier. Hast du bemerkt, wie still es ist? Wie auf dem Lande. Ich wache auf und weiß, daß ich nicht aufstehen muß, nichts tun muß, und ich habe das Gefühl, auf dem Land zu leben.“ Sie schloß die Augen. „Schließe deine Augen, Lisa. Ist es nicht friedlich?“
„Willst du denn nicht nach Hause kommen, Mama? Willst du denn nicht mehr bei uns sein?“
Ihre Mutter öffnete die Augen. „Ich wette, Tante Renee genießt es, dich und Robyn bei sich zu haben. Sie wollte schon

immer Mädchen haben. Geht ihr zur Schule? Kommt ihr gut zurecht?

„Mama, was sagst du denn da? Kommst du denn nicht nach Hause? Du hast mir immer noch nichts erzählt." Lisa stand auf, dann setzte sie sich und legte die Arme um ihre Mutter. „Mama, was ist denn? Sag es mir. Sprich mit mir."

„Sprich mit mir? Eine Puppe kann nicht sprechen."

„Du bist aber keine Puppe, Mama."

„Ich weiß. Aber ich bin zu pessimistisch. Ich müßte optimistischer sein. Ich habe die Wahl. Ich muß mich entscheiden. Soll ich hierbleiben? Wenn ich gehe, dann gehe ich. Ich weiß nicht. Ich kann einfach an nichts anderes denken, als an mich selbst. Das ist furchtbar. Ich bin selbstsüchtig." Sie schlug die Hände vors Gesicht. „Sieh mich nicht an, Lisa. Deine Mutter ist selbstsüchtig. Meine Schwester würde das nie machen. Renee, mach dir keine Sorgen, ich weiß das besser als du!" Ihre Stimme wurde lauter. „Aber ich bin nicht weggegangen, weil ich selbstsüchtig bin. Lisa, glaubst du mir? Ich konnte mir nicht anders helfen."

„Warst du die ganze Zeit hier, Mama? Hier in diesem Hotel? Wir sind hier vorbeigelaufen. Ich habe nach dir gesucht. Ich bin nach New York gekommen, um nach dir zu suchen."

„Ich weiß, ich bin selbstsüchtig."

„Mama, Mama! Hör auf, Mama!" Sie legte den Arm fester um ihre Mutter. „Du bist nicht selbstsüchtig. Aber ich brauche dich. Robyn braucht dich. Wir haben dich doch lieb, Mama, was ist denn mit uns? Was ist mit Robyn und mir?" Darauf folgte ein langes Schweigen. Ihre Mutter saß da und nickte ständig mit dem Kopf. „Erinnerst du dich an diesen Morgen? Weißt du, welchen Morgen ich meine?"

„Ja, Mama."

„Nachdem du zur Schule gegangen warst? Ich war ganz allein im Haus. Ich lief durch das Haus. Vor und zurück. Vor und zurück. Da war etwas, was ich machen sollte, aber ich konnte mich nicht mehr daran erinnern, was es war. Ich wußte, wo ich war, aber ich erkannte nichts. Es war ein furchtbares Gefühl. Ich dachte, in der Spüle läge eine Schlange. Das Telefon klingelte, ich dachte, es sei mit mir böse. Ich rannte hinaus. Naja, ich rannte nicht direkt, aber ich ging weg."

„Du bist in ein Taxi gestiegen, Mama."

„Ja, das bin ich, nicht wahr?"

„Und du hast dir am Bahnhof eine Fahrkarte gekauft."

Ihre Mutter nickte.

„Was hast du gemacht, als du in der Stadt warst?"

„Ich habe mir in verschiedenen Kinos Filme angeschaut. Ich sah einen Mann im Bett liegen, ein Leintuch über den Kopf gezogen. In einem Film sah ich das. Ich meine, es passierte im Film, aber es geschah auch in meinem Kopf. Ich wollte ein Leintuch über meinen Kopf ziehen und nicht mehr herauskommen."

Lisa begann zu weinen.

„Ich weiß, es geht euch gut bei Tante Renee", sagte ihre Mutter. „Da brauche ich mir keine Sorgen um euch zu machen. Mit ihr seid ihr besser dran."

„Nein, das sind wir nicht, Mama." Lisa wischte sich übers Gesicht. „Wir möchten bei dir sein, Mama. Du hattest einen Nervenzusammenbruch, stimmt's? Du warst krank, aber es geht dir schon wieder viel besser. Du hast es dir hier so schön eingerichtet. Und du hast uns Tee gemacht. Und dein Haar sieht hübsch aus. Es gefällt mir so, wie du es trägst. Ich möchte, daß du wieder nach Hause kommst. Ich werde dir helfen. Robyn und ich, wir beide werden dir helfen."

„Ich kann nicht mehr dorthin zurückgehen. Ich kann nie mehr in dieses Haus zurück. Ich kann dort nicht mehr leben... Wir können es uns sowieso nicht mehr leisten."

„Wir werden etwas anderes finden", sagte Lisa. „Du möchtest etwas kleineres, Mama? Wir können ein kleines Haus finden."

„Ich weiß nicht einmal, ob wir uns das leisten können. Wir haben kein Geld, Lisa."
„Haben wir denn noch irgend etwas?"
„Ich weiß nicht. Ich glaube nicht... Ich könnte arbeiten."
„Ich auch, Mama. Ich könnte auch arbeiten."
„O nein, nicht du, mein Liebes. Was würde dein Vater dazu sagen?"
„Meinst du wirklich, daß Papa etwas dagegen hätte? Glaubst du nicht, daß es ihm lieber wäre, ich würde arbeiten und wir könnten dadurch zusammen sein, Mama?" Lisa begann wieder zu weinen. „Du hast als Kellnerin gearbeitet", sagte sie. Ihre Mutter sah zu Lisa und dann wieder weg. „Du hast es herausgefunden?" Das Licht des Fernsehers flimmerte über ihr Gesicht.
„Du hättest es mir sagen sollen", meinte Lisa. „Es hätte mir nichts ausgemacht. Ich finde, es ist nichts dabei, eine Kellnerin zu sein, Mama."
„Ich habe immer gehofft... Ich dachte immer, alles käme wieder in Ordnung... vorher hatten wir so viel Geld. Und plötzlich gar nichts." Sie klang wieder verwirrt. „Es war alles weg. Ich verstehe nicht viel von Geld. Das ganze Geld. Dein Vater hat es mitgenommen. Es war alles in seinem Kopf. All die Geschäfte. All die Verträge. Nichts ging ohne ihn. Es war alles Papier. Papier. Papier. Papier." Sie streckte ihre Hände aus, als ob die Papiere ihr aus der Hand glitten. „Weißt du, was Papier ist? Es ist gar nichts. Ich habe gar nichts. Ich kann dir und Robyn gar nichts geben." Ihr Gesicht verzog sich, sie schloß die Augen und den Mund. Der Schrei, der dann schließlich kam, war erstickt.
„Mama!" rief Lisa. „Erzähl doch weiter. Sag mir, was ich tun soll."
Ihre Mutter schüttelte den Kopf.
„Ich bleibe bei dir", sagte Lisa. „Ich geh nicht fort von dir, Mama. Ich verlasse dich nicht. Ich werde dich nie verlassen."
 Ihre Mutter nahm Lisas Hände. „Du mußt jetzt gehen",

sagte sie. „Ich bin müde. Du gehst zurück zu Tante Renee. Du gehst zur Schule und lebst ganz normal weiter. Tu das, was du tun sollst, und mach dir um mich keine Sorgen. Wir werden uns wieder sprechen. Ich bin hier. Ich gehe nicht weg. Ich werde hier sein."
„Versprich es mir", bat Lisa.
„Ich verspreche es", sagte ihre Mutter.

33

SAM

„Dann hast du also tatsächlich deine Tante gesehen“, sagte Sams Mutter, als sie rückwärts aus dem Auto stieg, und sich dann noch einmal hineinbückte, um weitere Tüten und Pakete herauszuholen. „Und du sagst, es war alles in Ordnung?“

„Ja, bestens“, sagte er. Das war geschwindelt. Er wußte gar nicht, wie es gegangen war. Lisa hatte gestern nacht auf dem Nachhauseweg kein Wort mit ihm geredet.

„Was hat sie denn für einen Eindruck gemacht?“

„Tante Nancy?“ Er folgte seiner Mutter mit den Tüten ins Haus. „Sie sah ganz jung aus.“

„Wenn ich einen Monat von euch und eurem Vater und diesem Haus weg wäre und gar nichts tun müßte, würde ich auch jung aussehen.“ Sie begann damit, die Sachen wegzuräumen. „Warum wohnt sie überhaupt in einem Hotel? Sie sollte bei uns wohnen. Wir können noch ein Bett in das Zimmer der Mädchen quetschen. Auf eine Person mehr oder weniger kommt es jetzt auch nicht mehr an.“

„Ich weiß nicht, Mama. Ich hatte nicht den Eindruck, daß du mit Tante Nancy besonders gut auskommst.“

„Ja, da hast du recht. Ob sie wohl so eng mit ihrer Schwester zusammen sein möchte? Du weißt ja, wie es ist, Sam. Aber wenn es ihr dadurch besser ginge – ich werde mit Lisa reden – ich würde kein einziges Wort zu Nancy über irgend etwas verlieren, so lange sie hier ist. Sag Lisa, sie soll ihre Mutter anrufen und ihr sagen, sie kann bei uns wohnen.“

„Lisa ist nicht hier, Mama.“

„Dann tu du es. Auf mich würde sie nicht hören. Sag deiner Tante einfach nur, sie soll packen und kommen. Ich halte nichts davon, daß sie ganz allein in diesem schäbigen Hotel wohnt. Das kann gar nicht gut für sie sein. Ich meine, sie ist schließlich meine Schwester. Fleisch und Blut, das bedeutet auch noch etwas."

„Sollten wir nicht auf Lisa warten?" Er zögerte mit dem Anruf. Er wußte nicht, ob seine Tante ihm überhaupt zuhören würde. Er erinnerte sich daran, wie sie ihn angesehen hatte, freundlich aber irgendwie abwesend. Er bezweifelte, daß sie überhaupt mitbekommen hatte, wie Lisa ihn hinausgeworfen hatte. Aber seine Mutter bestand darauf. Sie stand über ihn gebeugt da und wartete. Er freute sich darauf, wenn er erst einmal größer war als sie.

Sam wählte. „Mrs. Allen, bitte."

„Sie ist abgereist", sagte ein Mann.

„Was?"

„Sie ist abgereist."

„Wo ist sie?"

„Bitte?" fragte die Stimme am anderen Ende.

„Meine Tante, Nancy Allen, wo ist sie hin?"

„Bitte?"

Sam legte auf. „Mama." Seine Mutter war nach oben gegangen. Sie lag in ihrem Zimmer auf dem Bett. „Tante Nancy ist wieder fort. Sie wohnt nicht mehr in dem Hotel."

Ihre Mutter setzte sich auf. „Willst du mich auf den Arm nehmen? Ich könnte diese Frau erwürgen. Ruf deine Oma an. Jetzt sofort!"

Sam ging wieder ans Telefon.

„Liebling." Das war seine Großmutter. „Es ist alles in Ordnung, reg dich nicht auf. Sie ist hier, deine Tante ist hier. Ich wollte gerade Lisa und deine Mutter anrufen. Wir sind hingefahren und haben sie geholt."

„Mama sagt, Tante Nancy kann bei uns wohnen, Oma."

Seine Großmuter sagte einen Moment gar nichts. Dann antwortete sie: „Ich glaube nicht, daß das eine gute Idee wäre, Sam, mein Lieber. Dein Großvater und ich, wir werden uns selbst eine Weile um Nancy kümmern."

34

LISA

„Lisa, ich hab es versucht", erklärte Tante Renee. „Ich wollte, daß Nancy zu uns kommt. Es war nicht meine Idee, daß sie bei meiner Mutter wohnt. Ich glaube, es wäre besser, wenn sie hier bei dir und Robyn bliebe, aber nach meiner Meinung fragt anscheinend niemand."

Die Idee, daß sie und Robyn mit ihrer Mutter zusammen in einem Zimmer schlafen sollten, ihre Betten nebeneinander gestellt, war so herrlich, daß Lisa die Arme um ihre Tante warf und sie küßte. „Das ist so großzügig von dir, Tante Renee. Das ist wirklich das Schönste, was du sagen konntest. Ich werde gleich selbst mit Mama reden."

Aber stattdessen war ihre Großmutter am Apparat, und sie sagte sofort: „Es wäre viel zu eng für deine Mutter."

„Tante Renee sagt, es sei kein Problem."

„Dadurch würde zu viel Druck auf deine Mutter ausgeübt werden."

Was meinte Großmama damit? Übte Lisa vielleicht Druck aus? Oder Robyn? Wurde man unter Druck gesetzt, wenn man mit den eigenen Kindern zusammen war? War denn Liebe Druck?

„Großmama, ich will doch nur, daß Mama hier bei uns ist."

„Ehrlich gesagt, Liebes, glaube ich nicht, daß das jetzt gerade eine gute Idee wäre. Ich habe die ganze Sache mit Peggy erörtert. Peggy hat in ihrer Arbeit viel mit Leuten zu tun, die depressiv sind, und wir denken, es wäre das beste für Nancy, wenn sie sich eine Zeitlang völlig entspannen könnte und mit nichts belastet würde. Ich weiß, daß das schwer für dich ist, aber wir denken, du solltest im Augenblick nicht einmal mit deiner Mutter sprechen."

„Soll das heißen, daß ich sie gar nicht sehen kann, Großmama?"
„Nun, ja. Jedenfalls im Moment nicht. Keine Besuche im Augenblick."
„Großmama! Robyn und ich sind doch keine Besucher!"
Ihre Großmutter seufzte und anstelle ihr zu antworten, holte sie Peggy ans Telefon. Peggy mußte gleich neben ihr gestanden haben.
„Hallo, Lisa. Ich habe mit deiner Mutter gesprochen und weiß, daß es ihr schwer fällt, dir gegenüber zu treten."
„Wie bitte? Ich habe sie doch gestern erst gesehen." Warum mußte sie überhaupt mit Peggy sprechen? Peggy gehörte nicht einmal zur Familie. Sie wollte ihre Mutter, nicht Peggy.
„Deine Mutter schämt sich, weil sie zusammengebrochen ist. Verstehst du das? Sie kann mit all den Problemen, die sich ihr stellen, nicht umgehen. Ihr Selbstbewußtsein muß gestärkt werden."
„Wir können ihr helfen", entgegnete Lisa kühl. „Sie braucht gar nichts zu machen. Wir kümmern uns um sie."
„Weißt du, Lisa, der instinktive Entschluß deiner Mutter, sich von ihren Schwierigkeiten zurückzuziehen, war und ist im Grunde ein Zeichen von innerer Gesundheit. Manchmal, wenn das Leben uns zu überrollen droht, ist es das beste, sich eine Weile von allem zurückzuziehen. Kannst du das verstehen?"
„Ja", sagte sie, aber warum mußte sie immer diejenige sein, die alles verstand? Sie war nicht die Mutter. Sie war das Kind. Hatten das alle vergessen? Wie konnte es nur passieren, daß sich ihre Mutter in das Kind verwandelte und Lisa in die Mutter?
Robyn stand geduldig da und beobachtete Lisa. Lisa schnitt ein Gesicht und deutete aufs Telefon. Robyn nickte.
„Diese Lebenskrisen sind das schlimmste, was manche Menschen zu ertragen haben. Tod, Scheidung, Krankheit, Arbeitslosigkeit… es ist für bestimmte Menschen schwer, wei-

terzumachen. Das ist bei jeder plötzlichen Veränderung so. Besonders wenn sie alleine sind, oder sich alleine fühlen, brechen manche Menschen zusammen, werden krank und depressiv, verlieren ihre ganzen Perspektiven."

„Ich möchte jetzt mit meiner Mutter reden, bitte."

„Sie schläft gerade, Lisa."

„Naja, wenn sie aufwacht..."

„Warten wir mal ab, wie sie sich morgen fühlt, Lisa. Wir werden sehen, ob ihr danach ist, mit dir zu reden. Ich bin ganz offen mit dir, Lisa, ich kann dir nichts versprechen. Solange deine Mutter nicht mit dir reden möchte, solange sie nicht selbst den Wunsch hat, glaube ich nicht, daß du, so wie es jetzt steht, mit ihr reden solltest."

Lisa hatte einen Kloß im Hals. Einen Augenblick lang konnte sie gar nicht weiterreden. „Sag... sag Mama, daß ich sie lieb habe. Sag ihr, daß Robyn sie lieb hat. Sag ihr, daß wir an sie denken." Sie legte auf, dann umarmte sie ihre Schwester. Was sollte sie denn zu Robyn sagen? Daß Mama sie nicht sehen oder mit ihr sprechen wollte?

Aber ihre Schwester überraschte sie. „Das Wichtigste ist jetzt, daß Mama wieder gesund wird, stimmt's, Lisa?" Robyn klang selbst wie eine kleine Großmutter. Sie war so verständnisvoll, so geduldig, alles, was ihre ältere Schwester nicht war. Sie weinte nicht, sie hatte keine Wutausbrüche. Sie bettelte nicht darum, ihre Mutter zu sehen. Manchmal hatte Lisa das Gefühl, als ob sie alle ein Spiel spielten. Einmal war Nancy die Mutter, dann Lisa, dann Robyn...

„Was schaust du denn?" fuhr Lisa Sam an. Sie hatte die Hand an der Kühlschranktür. „Brauche ich deine Erlaubnis, um den Kühlschrank zu öffnen?"

„Ja", sagte er. „Jetzt, wo du danach fragst." Er grinste sie an. „Du hast meine Erlaubnis, den Kühlschrank zu öffnen."

„Besten Dank", sagte sie kühl.

 Sie war die letzten Tage hart mit ihm umgesprungen. Und

das war nicht sein Fehler gewesen. Nur ihre Laune. Sie war wirklich schlecht gelaunt! Sie hatte so viele gemeine, bösartige und haßerfüllte Gedanken. Sie wollte ausschlagen und jemanden treffen. Sam! Sie dachte daran, ihn in seinen weichen Bauch zu schlagen.
Sie nahm die Eiscreme aus dem Kühlschrank.
„Nimm Maple Walnut“, riet er ihr.
„Warum?“ Sie wußte, daß er sie mochte.
„Weil ich sie nicht mag. So komme ich wenigstens nicht in Versuchung.“
„Schon verstanden.“ Sie setzte sich und aß aus dem Behälter.
„Ich denke, ich mache ein bißchen Popcorn“, sagte er. „Das hat weniger Kalorien.“
„Ja, Popcorn mit Eis! Das hört sich nach etwas an, was dir schmecken könnte.“
„Wer sich unterkriegen läßt, der geht unter.“
„Sehr weise. So sollte ich auch sein. Weise. Geduldig und weise. Geduldig. Ach, geduldig, geduldig, geduldig!“ Am liebsten hätte sie geschrien.
Sie wußte, daß jeder das richtige tat. Sie wußte, daß ihre Großmutter sich Sorgen machte, daß Peggy eine willkommene Hilfe war, und daß ihre Tante so großzügig war, wie sie sein konnte. Aber alles, was Lisa wollte, war, daß sie alle verschwanden und sie und Robyn allein mit ihrer Mutter ließen. Es konnte der allerkleinste Raum sein. Ein einziges kleines Zimmer, das ihnen gehörte. Sie wußte, daß es ihrer Mutter besser gehen würde, wenn sie nur erst wieder zusammen waren, nur sie drei.
„Hast du noch einmal mit deiner Mutter gesprochen?“ fragte er.
Sie runzelte die Stirn.
„Es wird nach und nach besser werden.“
„Sei still, Sam! Was bist du denn, ein Papagei? Ich habe es oft genug gehört. Muß ich es jetzt von dir auch noch hören? Was verstehst du denn schon davon? Du siehst deine Mutter

jeden Tag. Du sagst zu ihr: Kratz mir den Rücken, und sie kratzt dir den Rücken. Du kannst alles zu deiner Mutter sagen, du mußt nicht auf Zehenspitzen um sie herum schleichen. Sie wird nicht von dir ferngehalten. Sie sagt dir, daß du ein Ferkel bist, und du sagst, wenn ich ein Ferkel bin, dann bist du das Mutterschwein. Du denkst nicht, oweh, sie glaubt wirklich, daß ich ein Stinktier bin. Du denkst nicht, daß sie zusammenbrechen wird, und es ist deine Schuld."

„Du könntest mit meiner Mutter genauso reden", sagte er.

„Ach, nun nimm dich mal ein bißchen zusammen, Greene. Es geht mir nicht um deine Mutter, ich brauche nicht noch eine Mutter." Sie schwieg. Sie konnte nicht weiterreden, denn sonst würde sie entweder etwas ganz Gemeines sagen oder völlig zusammenbrechen und heulen.

Sie hatte gedacht, daß alles wieder in Ordnung käme, wenn nur ihre Mutter erst wieder zurück war. Aber so war es nicht. Irgendwie war es so fast schlimmer als vorher. Wenn ihre Mutter eine Krankheit gehabt hätte, die sie hätte benennen können, dann hätte Lisa während der Besuchszeit zu ihr gehen und mit ihr reden können, bis die Krankenschwester käme und sie bitten würde zu gehen. Außerdem hätte sie mit den Ärzten reden und ihnen Fragen stellen können. Zum Beispiel: Wann wird meine Mutter wieder gesund sein? In einer Woche? In zwei Wochen?

Sie packte Sam. „Doktor, wie lange wird es dauern? Ich kann eine Woche warten! Ich kann zwei Wochen warten! Sagen Sie mir nur, wie lange es dauern wird! Wie lange muß ich warten, um meine Mutter wieder zurückzubekommen?"

„Und wenn du mich prügelst, Lisa, ich bin nicht der Doktor. Geh hin und besuche Tante Nancy, wenn du sie sehen möchtest. Geh zu Oma. Was soll sie schon machen, dich auf die Straße werfen? Dich nicht in die Wohnung lassen?"

Sie starrte ihn an. „Ich habe Angst, daß ich etwas falsch mache. Ich habe Angst, daß ich es nur wieder schlimmer mache."

Lisa ging an einem erleuchteten Waschsalon vorbei, der zwei Stufen tiefer lag als die Straße. Sie war gelaufen und gelaufen. Hatte nachgedacht. Sollte sie tun, was Sam gesagt hatte? Zu ihren Großeltern gehen und verlangen, ihre Mutter zu sehen? Verlangen? Von ihrer Großmutter? Liebling, würde ihre Großmutter sagen, ich weiß, daß du es verstehst... Und sie würde Lisa am Arm fassen und sie ganz sanft, aber bestimmt zurück zum Aufzug führen. Und Lisa würde kein einziges Wort herausbringen.

Das Fenster des Waschsalons war beschlagen. Lisa probierte die Türe. Sie war verschlossen, und Lisa ging die Stufen wieder hinauf. Da wischte eine Hand einen kleinen Kreis im Fenster frei und ein großes, blinzelndes Auge blickte heraus. Einen Augenblick später wurde die Tür geöffnet. Eine runzlige alte Frau, die Hose hoch über den Bauch gezogen, sagte: „Ja? Was willst du?"

„Haben Sie ein Telefon?"

„Komm herein."

Graue Wäschesäcke waren entlang der Wand gestapelt. Eine ordentliche Reihe von Waschmaschinen und Trocknern stand auf der gegenüberliegenden Seite. Sie sah zum Telefon an der Wand und erinnerte sich daran, daß ihre Mutter vor dem Telefon Angst gehabt hatte. Damals hatte sich das für Lisa verrückt angehört. Aber war es das auch? Jetzt schien es ihr gar nicht mehr so verrückt. Das Telefon beobachtete sie. Selbst wenn sie es nicht ansah, fühlte sie es doch hinter sich.

Die Frau ließ sich langsam in einen hölzernen Bürostuhl fallen, der mit Kissen gepolstert war. Nacheinander hob sie die Beine hoch und legte sie auf eine Kiste. Eine schwarzweiße Katze sprang auf ihren Schoß. „Setz dich, Kindchen", sagte die Frau zu Lisa und Lisa lehnte sich gegen die Wäschesäcke.

„Wie heißt du?" wollte die Frau wissen.

„Lisa."

„Ich bin Josie." Sie öffnete eine Dose mit Sodawasser. „Ich kann nachts nicht schlafen. Ich kann nicht schlafen, wenn ich mich hinlege. Meine Beine. Also döse ich nur vor mich hin. Was ist schon dabei?“

Lisa starrte auf die Reihen schweigender weißer Maschinen. Auf die alte Frau, die im Stuhl lag und die Katze, die sich an ihrem Busen zusammengerollt hatte. Sie fühlte sich müde.

„Meine Mutter“, sagte sie.

„Was?“

„Ach... alles.“ Lisa schloß die Augen. Vielleicht war diese alte Frau eine gute Fee, und würde mit einer Bewegung ihrer Zauber-Sodadose ihre Mutter hier erscheinen lassen. Lisa würde ihre Augen öffnen, und ihre Mutter stände hier, gleich vor ihr.

„Hör mal“, sagte Josie. „Alles wird gut werden. Glaub es mir. Du tust, was du tun mußt, Lisa. Also los! Lisa, du willst das Telefon benutzen? Tu es.“ Sie nickte. „Denk nicht weiter darüber nach. Ich weiß, was ich sage.“

Lisa rutschte unruhig hin und her und sah zu der alten Frau. Dann stand sie auf und wählte die Nummer ihrer Großeltern.

Ihr Großvater war am Apparat. „Lisa, warum rufst du denn so spät noch an? Ist etwas passiert? Ich wollte gerade zu Bett gehen.“

„Ich möchte mit Mama sprechen, Großpapa.“

„Ich weiß nicht, ich glaube sie schläft.“

„Ich möchte mit ihr sprechen, Großpapa.“

„Hat das nicht bis morgen Zeit?“

„Nein.“ Die Katze auf dem Schoß der alten Frau hatte zwei verschiedenfarbige Augen.

Ihre Großmutter kam zum Telefon. „Was ist denn los, Liebes?“

„Ich möchte mit meiner Mutter sprechen.“

„Sie schläft. Kann ich dir helfen?“

„Ich möchte einfach nur mit Mama sprechen. Warum kann ich denn nicht mit ihr sprechen?“ Es gefiel ihr nicht, was da mit ihrer Stimme geschah. Sie wußte, sie hörte sich aufgeregt

und viel zu laut an, sie geriet ihr außer Kontrolle. „Warum kann ich nicht mit meiner Mutter sprechen, wenn ich möchte?“
„Dinge, die für dich und mich einfach sind, sind es nicht für deine Mutter, mein Liebes.“
„Ich weiß! Ich weiß! Ich weiß! Großmama, ich werde ganz vorsichtig und lieb und nett sein, du brauchst dir keine Sorgen zu machen. Laß mich mit meiner Mutter sprechen. Ist sie denn im Gefängnis?“
„Lisa! Lisa, beruhige dich. Denk doch mal einen Augenblick an deine Mutter. Lisa, denke daran was ihr zugestoßen ist. Denke nur mal einen Augenblick nach.“
„Du verhätschelst sie“, sagte Lisa. „Du verhätschelst sie. Das hast du immer getan.“ Sie hatte noch nie so mit ihrer Großmutter geredet. „Mama muß wieder ganz normale Dinge tun. Sie braucht nicht in ein Zimmer eingesperrt zu werden. Sie braucht uns. Warum können wir nicht zusammen sein? Warum können wir nicht unser eigenes Leben leben?“
Ein Seufzer war zu hören, dann Stille. „Lisa, mein Liebes, ich weiß, wieviel du erleiden mußtest...“
„Ich leide nicht, Großmama. Hol mir jetzt nur bitte endlich meine Mutter ans Telefon.“ Sie spürte, wie es in ihr zitterte und bebte. „Hol meine Mutter. Ich möchte, daß du meine Mutter ans Telefon holst.“
Sie hörte, wie ihre Großmutter sich vom Telefon entfernte. Sie wartete. Dann kam ihre Mutter an den Apparat. „Lisa...?“
„Mama...“ Und dann wußte sie nicht mehr, was sie sagen sollte.
„Lisa, ich habe geschlafen.“ Die Stimme ihrer Mutter war so dünn und zart. „Ist alles in Ordnung?“
„Alles ist in bester Ordnung, Mama.“ Sie hatte so viele wichtige Dinge im Kopf gehabt, die sie ihrer Mutter sagen wollte, und jetzt fiel ihr überhaupt nichts mehr ein.

35

SAM

Sam und sein Vater luden Zementsäcke vom Laster in die Garage. Der erste Sack, den sein Vater ihm reichte, war so schwer, daß er ihm sofort durch die Finger rutschte.
„Nimm ihn auf die Schulter“, riet ihm sein Vater. „Mit einer einzigen Bewegung.“ Er zeigte Sam, wie er sich bücken und die Schulter, statt die Arme benutzen sollte.
Sam beugte sich, um den Sack entgegenzunehmen, fühlte das Gewicht und dachte, daß er ihn niemals halten konnte, aber er hielt ihn. Er trug diesen Sack in die Garage und stellte ihn an der Wand ab. Dann kehrte er um und holte sich einen neuen Sack. Er und sein Vater entluden den ganzen Laster.
„Heute nacht wirst du gut schlafen“, meinte sein Vater.
Nachdem sie den Zement abgeladen hatten, holten sie noch eine Ladung Steine. Die Steine wurden auf einer einzigen Palette auf den Laster geladen, aber sie mußten Stück für Stück abgeladen werden. Als sie schließlich fertig waren, fühlten sich Sams Arme genauso riesig an wie der ganze Steinhaufen.

Sam und Lyn saßen im Untergeschoß des Einkaufszentrums zwischen dem Ledergeschäft und dem Burger-Lokal, und sprachen über ihre Fahrradtour, die jeden Tag näher rückte.
„Vielleicht sollten wir einmal eine Nachtübung machen, sobald es ein bißchen wärmer ist“, meinte Lyn.
„Ich bin dabei“, sagte Sam.
Ethan saß auf der Bank hinter ihnen. Er war mit Sam gekommen, aber er hatte schlechte Laune, seitdem Sam und Lyn begonnen hatten, über die Fahrradtour zu reden. „Wie heißt deine Freundin gleich wieder, Sam?“ fragte er. Das

wiederholte er immer und immer wieder, bis er Sam wirklich auf die Nerven ging. „Sam. Sam. Sam. Wieheißtsiegleichwieder? Das Mädchen, das auf dich steht?"
„Sie heißt Jamie, und sie ist nicht meine Freundin."
„Naja, das denkt sie aber. Hast du mir jedenfalls erzählt."
„Vergiß es", sagte Sam.
„Dabei mußt du mir helfen. Na los doch."
Sam sah Ethan fragend an. Er wollte schon sagen, Ethan, benimm dich deinem Alter entsprechend! Aber das tat er dann doch nicht. Vielleicht benahm Ethan sich ja seinem Alter entsprechend.
„Kennst du sie?" fragte Ethan Lyn. „Kennst du Jamie?"
„Die große, ja. Ich kenne sie aus der Schule."
„Gefällt sie dir? Sam findet sie ganz gut gebaut, aber er meint, sie hat eine große Klappe."
„Ethan, du bist derjenige mit der großen Klappe", sagte Sam. Er rieb sich die Schmerzen aus den Schultern. Vorher, bevor Ethan angefangen hatte, sich wie ein Idiot zu benehmen, hatte er ihm die Blasen an seinen Händen gezeigt. Lyn zeigte er sie nicht. Er hätte wirklich gerne damit geprahlt, aber er glaubte nicht, daß Lyn von Blasen beeindruckt sein würde.
„Wir brauchen auf die Tour gar nicht so viel mitzunehmen", überlegte Lyn weiter. „Ein paar Töpfe, Streichhölzer, Schlafsäcke, eine Plane, falls es regnet. Wir können uns unterwegs mit Essen versorgen. Und wir gehen fischen."
„Und du meinst, deine Mutter läßt dich wirklich eine Woche wegfahren, Sam?" fragte Ethan.
„Meine Mutter sagt mir nicht, was ich zu tun oder zu lassen habe."
„O ja", spottete Ethan. „Ich weiß schon. Sam, komm ins Haus. Sam, wisch den Boden auf. Sam!"
„Ethan, du weißt überhaupt nicht, wovon du sprichst. Meine Mutter befiehlt mir nicht, das zu tun. Sie bittet mich

darum. Und wenn ich ihr sage, wohin ich gehe, dann nur weil ich sie respektiere. So etwas wird im allgemeinen auch Höflichkeit genannt."

„So machst du es, Sam." Ethan sank auf die Knie, als ob er beten wolle. „Mami, bitte, Mami. Mami, kann ich mit meinem Fahrrad fahren? Kann ich rausgehen und spielen?"

Sam legte seine Hand auf Ethans Mund. Er lächelte, aber er wollte, daß Ethan still war.

Ethan stieß ihn weg und schlug ihn geradewegs auf seinen kaputten Arm.

Sam nahm Ethan in den Schwitzkasten, obwohl sein Arm ihn fast umbrachte. Er pochte richtiggehend, aber Sam wollte nicht, daß Lyn dachte, Ethan könnte ihm etwas anhaben. „Alter Junge, wie wäre es, wenn du uns allen etwas zu trinken holen würdest? Hol mir irgend was Leichtes und kauf dir auch etwas." Er versuchte, Geld in Ethans Hand zu schieben.

„Hol es dir doch selbst. Ich bin nicht dein Sklave."

Sam klopfte ihm auf den Kopf, um zu zeigen, daß nichts, was Ethan sagte, ihm etwas ausmachte. Dann ging er selbst, etwas zu trinken holen.

Die Pizzeria war im Obergeschoß, und als erstes sah er Jamie, die da mit ihrer Freundin saß. Ihr Name war so ähnlich wie Margee oder Margie, oder Margo. Sie saßen an einem kleinen Tisch und unterhielten sich.

Zieh Leine, sagte er sich. Aber dann dachte er, warum? Er mußte sich schließlich nicht verstecken. Er wußte mit Mädchen Bescheid. Schließlich lebte er mit zweien zusammen, oder?

Jamie sah ihn und warf ihm einen langen Blick zu. Er warf ihr einen genauso langen Blick zu. Sie trug eine kurze Pelzjacke, und ihr Haar war offen und hing lang über den Rükken. Mit dieser Frisur sah sie aus wie eine Löwin. Das war das erste, was er bemerkte, das viele Haar. „Wie geht's denn dem großen Jungen?" rief sie.

„Wie geht's denn dem großen Mädchen?" gab Sam zurück.
„Ist er nicht süß?" sagte sie zu ihrer Freundin. „Er ist in mich verliebt, stimmt's, Greene? In meiner Nähe verliert er völlig den Verstand." Die beiden Mädchen klatschten sich gegenseitig auf die flachen Hände.
Sam setzte sich. Er wußte nicht genau warum, aber warum auch nicht? Er fühlte sich Jamie gegenüber nicht besonders sicher, aber er hielt Augenkontakt. So, wie man eine Klapperschlange im Auge behält. Außer daß Jamie hübsche Augen hatte. Das bemerkte er zum ersten Mal. Ihr Mund konnte ziemlich gemein aussehen, aber ihre Augen blieben freundlich. Margie kicherte bei allem, was Jamie sagte.
Jamie lehnte sich zu ihm. „Gib mir einen Kuß", sagte sie und küßte ihn auf den Mund. Er war nicht darauf gefaßt gewesen, nicht hier vor ihrer Freundin und dem ganzen Einkaufszentrum. „Das wollte ich schon jedesmal tun, wenn ich ihn gesehen habe", sagte sie zu ihrer Freundin. „Ich meine, so zur Einleitung."
Seine Bestellung wurde aufgerufen, und er stand auf. „Bis demnächst."
„Warte mal", sagte Jamie. „Was ist mit der immer noch gültigen Karte?" Und dann zu ihrer Freundin: „Er sagt mir ständig, daß wir zusammen weggehen, aber er lügt mich nur an. Kannst du dir vorstellen, daß jemand so süß ist und trotzdem so ein Lügner!"
„Ich warte nur auf einen Vorschlag", sagte er und sah weg.
„Ist das wirklich wahr?"
„Könnte ich dich anlügen?"
„Okay. Wie wäre es nächste Woche?"
Sam sah auf seine Uhr. „Zu bald."
„Wann denn dann? Mach du einen Vorschlag. Ich hab dich oft genug gefragt."
„Der wievielte ist denn heute? Der dreizehnte Januar? Im Februar ist es zu kalt. Im März hab ich keine Zeit. Wie wäre es mit April?"

„Wie wäre es mit einem Schlag auf die Nase? Wie wäre es mit einer geschwollenen Lippe? Im April hab ich keine Zeit! Was sagst du dazu?"
„Naja, da bleibt uns nur der Mai."
„Vergiß es. Am wievielten Februar?"
Er sah wieder auf seine Uhr.
Sie legte ihre Hand auf seinen Arm, bedeckte dabei die Uhr.
„Am ersten Februar? Oder am zweiten? Oder am dritten? Such dir einen aus!"
„Am dritten", sagte er.
„Und diese Veranstaltung fällt nicht aus", sagte sie. „Wenn es regnet, nimm deinen Schirm."

36

LISA

Im Taxi umarmte ihre Mutter Lisa und küßte sie. Lisa drückte sie ganz fest zurück. „Ich bin so froh, draußen zu sein“, sagte ihre Mutter. „Ist heute nicht ein wundervoller Tag! Sieh nur, die Forsythien im Park knospen schon. Lisa, du kannst dir gar nicht vorstellen, wie deine Großmutter mich ständig bemuttert.“

Die Gedanken ihrer Mutter sprangen vom einen zum nächsten. „Ich sage ihr immer wieder, daß es mir schon besser geht. Ich weiß, daß ich krank war. Aber ich werde ja nicht immer krank sein. Wie geht es deinen Cousins?“

„Sam hatte heute seine erste Verabredung mit einem Mädchen, Mama. Er tat so, als ginge es um ein Duell, ich mußte ihn praktisch aus dem Haus werfen, aber er kam pfeifend nach Hause. Meinst du nicht, daß das bedeutet, daß es ganz gut gelaufen ist, Mama?“

„Pfeifend? Oh, das hört sich jedenfalls so an. Wie geht es Robyn?“ Sie sah Lisa gespannt an, mit leicht gerunzelter Stirn, wie stets, wenn sie von Robyn sprachen. „Weißt du, Liebes, um Robyn mache ich mir immer ein bißchen Sorgen. Ich weiß, daß es auch für dich nicht einfach ist, aber du bist schon so viel älter und verstehst die Dinge besser. Ich denke, du bist sehr stark.“

„Mama...“ Sie wollte protestieren, aber dann sagte sie nichts. Warum sollte ihre Mutter sie nicht für stark halten? Vielleicht war sie es, stärker als sie selbst wußte.

„Ich habe solche Angst, daß ich Robyn vernachlässigt habe, Lisa, daß ich nicht genug für sie getan habe. Gestern habe ich mit ihr gesprochen. Wir haben über ihre Schularbeit gesprochen. Ich sagte, Robyn, mach dir keine Sorgen wegen des

Aufsatzes. Schreib einfach den ersten Satz, und der nächste kommt automatisch hinterher."

Einen Augenblick lang war es fast wie früher, ihre Mutter redete über Robyns Schule, benahm sich wie sonst, machte sich über ihre Kinder Gedanken. Lisa küßte ihre Mutter. Es war so lange her, daß sie sich richtig gut fühlte –, sie hatte aufgehört, ans Glücklichsein zu denken - aber im Augenblick war sie glücklich.

Sie fuhren nach Philadelphia, damit ihre Mutter sich ein Haus ansehen konnte, das von Quäkern als offene Wohngemeinschaft geführt wurde. Ihre Mutter würde die Leute kennenlernen, die dort lebten, mit ihnen reden und dadurch feststellen, ob es ein geeigneter Platz für sie wäre. „Es ist so etwas wie ein offenes Heim, Lisa."

„Wie lange glaubst du denn, daß du dort bleiben wirst?" Sie wußte, daß sie eigentlich nicht diese Art von Druck auf ihre Mutter ausüben sollte, aber sie konnte nicht anders.

„Ich weiß nicht. Vielleicht ein halbes Jahr? Ist das zu lange?"

Lisa war enttäuscht, aber sie schüttelte den Kopf.

Ihre Mutter begann eine Unterhaltung mit dem Fahrer. Sie erfuhr, daß er aus Rußland kam und auf Coney Island lebte. „Ist kalt am Meer", sagte er. „Viel Wind. Doch jeden Tag ich schwimme."

„Ist das nicht herrlich", meinte ihre Mutter.

Aber am Bahnhof schien sie ihre gute Laune wieder zu verlieren. Lisa glaubte, daß es vielleicht von den vielen Leuten kam, eine ständige, nie enden wollende Flut, die sie mit sich die Treppe hinuntersog und weiter durch einen langen Tunnel. Ihre Mutter faßte Lisas Arm. „Ich brauche eine Tasse Kaffee." Sie zündete sich eine Zigarette an.

Der Zug war sehr voll, und sie hatten den Gang zwischen ihren Sitzplätzen. Sie hielten Händchen, aber jedesmal wenn jemand den Gang entlang kam, mußten sie loslassen. „Wie sehe ich aus?" fragte ihre Mutter ständig.

 „Mama, du siehst wirklich hübsch aus." Sie trug eine etwas

zu große Sportjacke und eine weite Hose, Kleidungsstücke, die ihr eigentlich nicht richtig paßten, aber sie irgendwie jung und verspielt aussehen ließen.
Lisa verschränkte ihre Hand mit der ihrer Mutter. Sie stellte sich vor, sie wären zwei Mädchen, die zusammen unterwegs waren. Nancy und Lisa auf einem Ausflug. Sie würden sich heute amüsieren. Sie sahen sich nach süßen Jungs um und beschwerten sich über ihre Mütter... außer, daß Nancy die einzige war, die sich beschwerte.
„Ich weiß gar nicht, wie ich jemals mit meiner Mutter auskommen konnte. Glaubst du, daß sie mir nichts zutraut? Sie hat einfach kein Vertrauen in mich. Sie macht sich ständig Sorgen. Ich sag zu ihr, Mutter, wie kann ich mein Selbstvertrauen wiederfinden, wenn du kein Vertrauen in mich hast?"
„Ich habe Vertrauen in dich, Mama."
Ihre Mutter lehnte sich zu Lisa. „Ich möchte, daß du es verstehst. Du vor allem. Es ist schwer für mich. Ich verstehe immer noch nicht richtig, was mit mir passiert ist. Ich habe einfach aufgehört zu funktionieren. Ich tat etwas, und dann hörte ich einfach auf. Die grüne Ampel schaltete auf einmal auf rot. Verstehst du, was ich meine?"
„Ja, Mama." Lisa fragte sich, ob der Mann neben ihr wohl auch zuhörte.
„Es ist alles zusammengebrochen. Erst Papas Geschäfte und dann der Rest. Ich wollte nicht, daß ihr das merkt. Ich wollte nicht, daß sich euer Leben ändern muß. Ich dachte, ich könnte alles zusammenhalten."
„Ja, Mama."
„Möchten Sie beide vielleicht zusammen sitzen?" fragte der Mann neben Lisa. Ihre Mutter lächelte ihn dankbar an. Sie lächelte zu lange und zu herzlich. Und sie konnte es nicht dabei bewenden lassen. Sie mußte auch noch etwas sagen.
„Wir sind Ihnen für Ihre Freundlichkeit wirklich außerordentlich dankbar. Meine Tochter und ich haben nur so we-

nig Zeit zusammen." Sie ließ es so klingen, als ob sie unterwegs zu einem ganz schrecklichen Schicksal seien.
„Nicht der Rede wert." Der Mann setzte sich auf die andere Seite des Ganges und schlug seine Zeitung auf.
„Peggy und deine Großmutter sagen, daß die Leute in dem Quäker-Haus sehr freundlich sind und einem jede mögliche Unterstützung zuteil werden lassen. Ich kann dort bleiben, so lange es nötig ist." Ihre Mutter runzelte die Stirn. „Ich hoffe, ich bekomme ein eigenes Zimmer. Obwohl ich ganz gerne mit den anderen esse. Ich glaube, jeder muß sich mit um das Haus kümmern. Ich habe mit der Leiterin des Hauses telefoniert. Sie klang sehr nett, Lisa. Ich hoffe, ich passe hinein."
„Ganz bestimmt, Mama, sie werden dich alle mögen."
„Glaubst du wirklich?" Ihre Mutter zündete sich eine Zigarette an, dann wedelte sie den Rauch von Lisa fort. „Das werde ich auch aufgeben. Ich möchte nicht, daß meine Tochter eine runzlige alte Dame zur Mutter hat. Ich hoffe nur, es gefällt mir dort. Ich glaube nicht, daß sie Rauchen gestatten."

Ihre Mutter hatte kaum etwas über ihre Familie gesagt, über sie drei. Wenn sie von ihnen sprach, dann nur für einen kurzen Moment. Danach kam sie sofort wieder auf ihre eigenen Probleme zurück. Ihre Ängste. „Warum bin ich so schwach? Warum brauche ich Hilfe? Warum bin ich so selbstsüchtig? Warum kann ich mit Schwierigkeiten nicht zurecht kommen? Warum kämpfte ich nicht? Ich sollte mehr wie meine Schwester sein."
„Ach Mama, du mußt nicht wie Tante Renee sein. Du bist stark. Du bist genau richtig so, wie du bist. Ich möchte dich gar nicht anders haben."
Lisas Lächeln verschwand niemals, aber insgeheim war sie traurig. Bei den Quäkern bezeichneten sie sich als Familie.

Und jetzt würde ihre Mutter ein Teil davon werden. Aber was war mit ihrer Familie? Würden sie und Robyn und ihre Mutter jemals wieder eine Familie sein? Sie hätte es gerne ausgesprochen, aber sie tat es nicht. Das war nicht die richtige Zeit, um ihr Herz auszuschütten, um zu sagen: Mama, ich verstehe es nicht! Du hast uns schon einmal verlassen und jetzt verläßt du uns wieder!

Ihre Mutter lehnte sich an Lisa, und Lisa legte den Arm um die Schultern ihrer Mutter. Sie hielt sie jetzt, aber für wie lange? Ihre Mutter war nicht stark, nicht wie Tante Renee. Lisa dachte an Tonfiguren, es war, als ob die beiden Schwestern völlig verschieden aus dem Ofen gekommen seien. Ihre Tante stabil und handlich, ihre Mutter jedoch mit dem Schild: Vorsicht, zerbrechlich!

Warum sollten auch alle Mütter perfekt sein? Ihre Mutter war nicht perfekt. Tante Renee war nicht perfekt. Auch ihre Großmutter war es nicht. Keine Mutter konnte für ihre Kinder die Welt zusammenhalten. Niemand konnte den Schmerz für immer fernhalten.

Ihre Mutter schlief. Ihr Kopf fiel an Lisas Hals. Lisas Lippen fuhren über das Haar ihrer Mutter. Sie atmete im gleichen Rhythmus wie sie, betrachtete liebevoll den schön geschwungenen Hals und die Wangen, und wie die Zähne durch den leicht geöffneten Mund blitzten. Ihre kleine Mutter. Sie hielt ihre kleine Mutter in den Armen. Ihre kleine Mutter. Ihre kleine unperfekte Mutter.

Lisa saß mit ihrer Mutter im Arm da und sah aus dem Fenster. Die Landschaft schien vorbeizutanzen. Felder, Häuser, Bäume flogen vorbei, verschwanden. Es wehte ein kräftiger Wind, und die Zweige der Bäume schwankten hin und her. Sie sah auch Papier durch die Luft wirbeln und Plastiktüten. Nichts blieb auf seinem Platz. Nichts blieb. Der Zug, die Spuren, die Bäume, die Häuser. Sie waren in Bewegung, so wie die ganze Welt. So schnell, zu schnell. Nichts stand still. Alles rauschte viel zu schnell vorbei. Sie hielt ihre Mutter fest. Bald waren sie in Philadelphia, und sie mußte sie loslassen.

Sie sah hinauf zu dem Gepäck in den Netzen. Nylontaschen, Koffer und Schachteln, die mit Klebestreifen und Schnüren verschlossen waren. Die Leute nahmen nur das mit, was sie brauchten. Manche Dinge mußten zurückgelassen werden, wie Häuser, Autos und Möbel. Manche Dinge jedoch trug man immer mit sich herum, wie zum Beispiel die Gefühle für die Menschen, die man liebte.

37

SAM

„Lisa und Robyn sind bereits zum Bahnhof gefahren", sagte seine Mutter. Es war geplant, daß seine Tante hier aus dem Zug steigen sollte, ein bißchen Zeit mit Lisa und Robyn verbrachte, und dann den nächsten Zug zurück in die Stadt nahm, um von dort aus nach Philadelphia weiterzufahren. Sie würde in diesem Quäker-Haus wohnen, und die Mädchen blieben hier.

Sam sprang auf sein Fahrrad. „Wohin willst du?" rief seine Mutter. „Du wirst sie auf keinen Fall mehr erwischen. Lisa hat das Auto genommen."

Er raste zum Bahnhof. Er wollte seiner Tante Aufwiedersehen sagen. Nicht, daß sie völlig aus der Welt war, sie ging nur nach Philadelphia, aber er hatte sie nun schon eine ganze Weile nicht gesehen und wußte nicht, wie lange es dauern würde, bis er sie wieder sah.

Er erreichte den Bahnhof gerade als der Zug aus New York ankam. Er schulterte sein Fahrrad und trug es die lange, schmale Treppe zum Bahnsteig hinauf.

Der Bahnsteig schien leer zu sein, und einen Augenblick lang dachte er schon, sie wären bereits fort. Dann sah er sie, seine Tante, Lisa und Robyn, halb verdeckt durch eine Anschlagtafel. Sie standen im Schatten. Das Licht um sie herum wirkte flach und hart.

Er ging auf sie zu. Er wollte „Hab ich euch" oder etwas Ähnliches rufen, aber dann zögerte er aus irgendeinem Grund. Dort standen die drei zusammen im schmalen Schutz der Anschlagtafel. Robyn umarmte ihre Mutter, und Lisa stand ganz nah daneben. Ihre Nähe zueinander machte ihn scheu, und er zögerte. Vielleicht wollten sie ihn jetzt gar nicht se-

hen. Vielleicht sprachen sie über etwas Privates, was er nicht hören sollte.
Er wollte gerade gehen, als Robyn ihn sah und seine Tante ihn heranwinkte.
„Ich wollte auch nur schnell Aufwiedersehen sagen“, erklärte er.
„Glaube ihm kein Wort, Mama“, sagte Lisa. „Er wollte uns nur nachspionieren.“
Er begann das abzustreiten, doch ihr Lachen erfaßte ihn, zog ihn in ihren Bann. Sie lachten, und er kam näher und lachte mit ihnen.